奥斯卡经典文库

[011]

Lassie, Come Home
灵犬莱西

(美)埃里克·奈特●著　　邱萌●译　　何亮●丛书主编

首都师范大学出版社
CAPITAL NORMAL UNIVERSITY PRESS

图书在版编目(CIP)数据

灵犬莱西/(美)奈特著;邸萌译.—北京:首都师范大学出版社,2014.11(2019.7重印)

(奥斯卡经典文库)

ISBN 978-7-5656-2187-1

Ⅰ.①灵… Ⅱ.①奈… ②邸… Ⅲ.①长篇小说-美国-现代 Ⅳ.①I712.45

中国版本图书馆CIP数据核字(2014)第271836号

LINGQUAN LAIXI

灵犬莱西

(美)埃里克·奈特 著 邸萌 译

责任编辑 刘志勇
首都师范大学出版社出版发行
地　址 北京西三环北路105号
邮　编 100048
电　话 68418523(总编室) 68982468(发行部)
网　址 http://cnupn.cnu.edu.cn
印　刷 龙口市新华林文化发展有限公司
经　销 全国新华书店
版　次 2015年1月第1版
印　次 2019年 7 月第7次印刷
开　本 880mm×1230mm 1/32
印　张 7
字　数 155千
定　价 25.00元

版权所有　违者必究
如有质量问题　请与出版社联系退换

总序： 电影的文学性决定其艺术性

不是每个人都拥有将文字转换成影像的能力，曾有人将剧作者分成两类：一种是"通过他的文字，读剧本的人看到戏在演。"还有一种是"自己写时头脑里不演，别人读时也看不到戏——那样的剧本实是字冢。"为什么会这样，有一类人在忙于经营文字的表面，而另一类人深谙禅宗里的一句偈"指月亮的手不是月亮"。他们尽量在通过文字（指月亮的手），让你看到戏（月亮）。

小说对文字的经营，更多的是让你在阅读时，内视里不断地上演着你想象中的那故事的场景和人物，并不断地唤起你对故事情节进程的判断，这种想象着的判断被印证或被否定是小说吸引你的一个重要原因，也是作者能够邀你进入到他的文字中与你博弈的门径。当读者的判断踩空了时，他会期待着你有什么高明的华彩乐段来说服他，打动他，让他兴奋，赞美。现实主义的小说是这样，先锋的小说也是这样，准确的新鲜感，什么时候都是迷人的。

有一种说法是天下的故事已经讲完了，现代人要做的是改变讲故事的方式，而方式是常换常新的。我曾经在北欧的某个剧场看过一版把国家变成公司，穿着现代西服演的《哈姆莱特》，也看过骑摩托车版的电影《罗密欧与朱丽叶》，当然还有变成《狮子王》的动画片。总之，除了不断地改变方式外，文学经典的另一个特征，是它像一个肥沃的营养基地一样，永远在滋养着戏剧，影视，舞蹈，甚至是音乐。

我没有做过统计，是不是20世纪以传世的文学作品改编成电影的比例比当下要多，如果这样的比较不好得出有意义的结论的话，我想换一种说法——是不是更具文学性的影片会穿越时间，走得更远，占领的时间更长。你可能会反问，真是电影的文学性决定了它的经典性吗？我认为是这样。当商业片越来越与这个炫彩的时代相契合时，"剧场效果"这个词对电影来说，变得至关重要。曾有一段时期认为所谓的剧场效果就是"声光电"的科技组合，其实你看看更多的卖座影片，就会发现没那么简单。我们发现了如果两百个人在剧场同时大笑时，也是剧场效果（他一个人在家看时可能不会那么被感染）；精彩的表演和台词也是剧场效果；最终"剧场效果"一定会归到"文学性"上来，因为最终你会发现最大的剧场效果是人心，是那种心心相印，然而这却是那些失去"文学性"的电影无法达到的境界。

《奥斯卡经典文库》将改编成电影的原著，如此大量地集中展示给读者，同时请一些业内人士做有效的解读，这不仅是一个大工程，也是一件有意义的事。从文字到影像；从借助个人想象的阅读，到具体化的明确的立体呈现；从繁复的枝蔓的叙说，到"滴水映太阳"的以小见大；各种各样的改编方式，在进行一些细致的分析后，不仅会得到改编写作的收益，对剧本原创也是极有帮助的，是件好事。

——资深编剧 邹静之

主编的话：跟随文学人物走进各种各样的命运险境

能参与《奥斯卡经典文库》丛书的编辑工作，我感到特别的荣幸和高兴。说实话，这套丛书的编辑过程不仅给我，也给我们整个编辑团队带来了莫大的兴奋感。

兴奋之一：这是国内首次以大型丛书的形式出版经典电影的文学原著，这无疑是奉献给广大读者的一场阅读盛宴，我们相信无论何种口味的读者，都会从这套丛书里找到自己的最爱，甚至找到陪伴自己一生的精神伴侣。

兴奋之二：我们选择的书目全部是奥斯卡奖得奖或者提名的电影原著。奥斯卡本身就是全球最值得大众信赖的品牌之一，在奥斯卡异常严格的选拔标准下，这一批电影原著小说的艺术质量，还有部分原著是第一次出中文版本，我们之前也并未读过，但读过之后，深为震撼——世界一流的小说确实能带给人直击心灵而又妙不可言的独特感受。

兴奋之三：这套丛书让我们重新认识了文学原著和电影作品之间的互动关系。有的作品我们只看过小说，没有看过电影；而有的作品我们只看过电影，没有看过小说（后一种情况更多一些）。于是在编辑的过程中，我们重新补课，将同一故事的两种艺术形式尽量都补看完整。补完课才发现，文学与电影之间的关系真是太有趣了——电影或者因为时长所限、或者因为视听特性的发扬、或者因为求新求变，通常都要对原来的文学作品做出取舍和改动，电影编剧和导演如何取舍如何改动，背后其实都隐藏着电影创作者的深入思考。而很多文学名著又被不同的电影创作者多次改编，这些不同的电影版本所体现出来的电影创作者的不同趣味、不同表达以及独特个性，每每让我们生发出一种"又发现了一片新大陆"的感觉。我们作为读者和观众，往往会为哪一个电影版本改得更好而争论得面红耳赤——而对于那些两种艺术形式都没看过的朋友来说，我个人的建议，最好先读小说，充分展开自己的想象世界之后，再去看电影，收获绝对不一样。

兴奋之四：比起编剧和导演对文学作品的改编，演员、明星们对文学人物的演绎无疑更能引起大家的好奇和关注，在看完小说之后，带着悠闲而挑剔的眼光，再去评论、比较电影里的明星的表现，甚至去评论、比较不同版本的明星的表现，这给我们带来了数不清的快乐时光。

因为部分原著小说和电影也是我们第一次接触，以上所呈现的，都是我们在编辑过程中非常真实的感受。我们也非常期望我们的工作能带给广大读者同样的兴奋和快乐。《奥斯卡经典文库》为您精心挑选的这些非常优秀的原著小说，完全值得您腾出一点业余时间，全身心投入其中，跟随着那些精彩的文学人物走进各种各样的命运险境，去迎接那些意想不到的感动和震撼。

——北影老师　何亮

导读: 家是不变的归途

世界经典文学作品《灵犬莱西》,是一篇融合了爱与忠诚的感人故事。自1940年问世以来,对一代又一代的读者产生了深远的影响。

故事以柯利牧羊犬莱西为导线,讲述的是居于英格兰北部,约克郡内格里诺尔村的山姆一家人,依靠山姆在当地煤矿的工作维持生活。然而随着煤炭的日益枯竭,原本兴旺的矿产业迅速衰落。一家之主山姆在失业后,迫于生计,无奈将爱犬出售给路德林公爵。然而几次三番,莱西都顺利逃脱公爵位于饲养场中的牢笼,重返家中。可是路德林公爵并未善罢甘休,他一鼓作气,将莱西带往遥远的、距离格里诺尔村数百英里的苏格兰高地,欲断其回家的意念。可是事与愿违,他低估了莱西心中对家的爱恋,也低估了纯种柯利犬铭刻于心的顽强意志。于是莱西以柯利牧羊犬独有的本能,踏过千山万水,越过高岭湖泊,终在历经磨难后,重返家园,履行那份不变的承诺。

小说与其作者艾里克·奈特的生活有着紧密的联系。1897年,艾里克生于英国的约克郡,父亲是一位富有的钻石商,但在他刚满两岁的时候,父亲便过世了。一夜之间,家庭一贫如洗。因此,他的童年生活艰难困苦,而他也将亲身经历的生活困境带到了《灵犬莱西》这部作品中,影射在小男孩乔·卡拉克拉夫身上。

20世纪20年代，美国家庭主要的娱乐方式即阅读杂志与报纸，尤其是故事类杂志。因此，艾里克开始写故事投稿，并于1935年起，专职从事长短篇小说的创作，其中之一是有关一只柯利牧羊犬与饲养它的约克郡人的家庭生活。此篇故事发表在1938年12月的《周六晚间邮报》上，刊登后，杂志立刻收到许多读者的来信，颇受好评。1939年，艾里克与妻子以及饲养的牧羊犬定居在宾夕法尼亚的一座农场。当地群山环绕的景象深深触动了作者对英格兰北部地区的回忆，于是，他以一只柯利牧羊犬为蓝本，于1940年将当年发表在期刊上的文章作以扩写，《灵犬莱西》便应运而生。多年以来，这部小说始终是波兰学校的必读书目。

此篇小说的发表即刻赢得了世界各地读者的青睐，之后还被译为25种语言，广泛流传于各个国家，并于不同时代被翻拍成多种版本的影片。1943年，首先由弗雷德·威尔科克斯执导的电影问世。剧情描述苏格兰老医生利用一连串的训练使莱西克服惧水症，另一方面，老医生亦说服了一名加州农夫让他的儿子去念医学，以便将来服务乡里。影片故事性虽然不强，但拍得温馨感人，结局催人泪下，获得第十六届奥斯卡的几项单项奖。

1994年，丹尼尔·皮特执导了第二部相关电影。90年代的版本描述透纳一家人自城市搬到维吉尼亚山间，家中成员都有自身问题需要解决，最麻烦的莫过于正值青春叛逆期的麦特，他对新环境感到孤独迷失，一只流浪狗"莱西"的到来，适时凝聚了透纳一家人的向心力。在人际关系疏离、暴力充斥的90年代，《灵犬莱西》正是反映时代的戏剧张力和男性间不可言喻的"英雄相惜"，呈现出"英雄片"少有的水准和质感。

而在 2006 年版的《新灵犬莱西》沿用了原来的故事主线，以忠犬万里回家的经历为主要线路，表现人和动物之间的深厚情谊，实则强调了人物内心。此版电影斩获多项殊荣：曾在青年艺术家奖（2007）中获得最佳国际家庭故事片的提名、在爱尔兰电视电影奖（2007）中荣获最佳音效奖与爱尔兰最佳影片的提名、并且在广播影评人协会奖（2007）中获得最佳家庭电影的提名。

无论是图书还是多种版本的影片，都传达着人类与爱犬之间的感人情节。在原著中，作者对人物的心理刻画更为深刻，对整个故事主角的莱西的描述也更为详尽细致，甚至将它视为人类一般有着丰富的心理活动，使读者在阅读期间更为深刻地体会到牧羊犬身上的坚强意志与忠诚之心。而影片中掺入多种震撼音效与丰富的人物表情，令观众在观赏的同时更为直观地感受到各类人物的情绪变化与高潮起伏。

最后，祝愿本书可以为读者带来心灵的洗礼、灵魂的震撼，相信此书是您培养高尚情操的不二之选！

目 录

第一章　非卖之物　　　　　　　　001

第二章　"我坚决不要另一只狗"　　005

第三章　臭脾气老头儿　　　　　　011

第四章　莱西重归　　　　　　　　017

第五章　"别再归来"　　　　　　　026

第六章　隐于沼地　　　　　　　　035

第七章　一无所有，但留诚信　　　045

第八章　囚于高原　　　　　　　　055

第九章　终获自由　　　　　　　　063

第十章　漫漫旅途　　　　　　　　069

第十一章　为生存而战　　　　　　076

第十二章	画家所见	081
第十三章	疾病缠身	087
第十四章	突遭袭击	094
第十五章	低地之俘	106
第十六章	"唐奈！绝对别信狗！"	116
第十七章	越过边境	128
第十八章	最高尚的赠予——自由	143
第十九章	与洛利为伴	151
第二十章	勇斗恶徒	166
第二十一章	苦旅终结	180
第二十二章	重回美好时光	203

第一章　非卖之物

每一个住在格里诺尔村庄（Greenall Bridge）①的人都知道山姆·卡拉克拉夫（Sam Carraclough）养的狗——莱西（Laissie）。事实上，你可以说她是这个村庄内最有名的狗了，原因有三：

首先，几乎村里的所有人都公认，莱西是他们见到的最出色的柯利牧羊犬。

这确实是赞美，因为格里诺尔在这个国家的约克郡（Yorkshire）内，而且纵观世界，这里的狗才是真正的国王。在北英格兰那里的荒凉区域，狗似乎和在任何地方一样，健壮地成长着。寒风和冰冷的雨水横扫这片平野，使得这里的狗的体毛异常丰盈，而它们的身体也如同这里的人们一样强健。

---

① 格里诺尔村庄：位于英格兰北部的约克郡。——译者注

其次，格里诺尔的人们都很爱狗而且很擅长养狗。这里有上百座以采矿为主的小村落，是英格兰地区数量最多的矿业村，你可以走进其中任何一座，然后会发现到处都是血统高贵、品种优良的狗，它们跟在衣衫褴褛的矿工主人身后，寸步不离，羡煞了那些来自世界各地的堪称富有的养狗爱好者。

和约克郡的其他村庄一样，格里诺尔的人们都很了解并且疼爱狗，并且涌现了不少养狗能手；但是大家都认为，如果格里诺尔曾经养育过一只狗——比山姆·卡拉克拉夫的三色牧羊犬还要出色的话，那么它一定是生活在很久很久以前的了。

然而，莱西在村里如此有名还有一个原因。如同女人们所说，这是因为"你可以让她帮你设置时钟"。

那是很多年前，当时莱西只有一岁，聪明却鲁莽。有一天，山姆·卡拉克拉夫的儿子乔（Joe）非常兴奋地回到了家。

"妈妈！你猜今天放学后谁到学校接我了？是莱西！你认为她是怎么知道我在哪儿的？"

"她一定是顺着气味找到你的，乔。我能想到的就是这样。"

无论天气怎样，莱西总是在校门口等待着乔，一天又一天，一周，一个月，一年……几年过去了，她依然如此。无论是女人们从自家小屋向外瞥视，还是街边商铺的店主站在店门口，都能够看见这只黑、白、金黄三色相间的、气质高傲的狗一路小跑经过门前，然后他们会说：

"现在一定是差五分钟四点了——看，莱西来了！"

无论天晴还是下雨，莱西总会出现在校门口，等待这个男孩——他和其他几十名孩子一同飞奔出校园——但是对于莱西而言,乔是她唯一关心的人。他们每一次的见面都那么开心幸福,之后会相伴而归。四年来,每天如此。

日常生活中,莱西是村内人们的心头爱,几乎所有人都知道她。然而最重要的是,之所以格里诺尔人为莱西感到骄傲,是因为她代表了人们很难解释清楚的某些事物,这与他们的尊严有关,而且其尊严又与金钱息息相关。

通常情况下,如果一个人养了一只格外出众的狗,那么未来某天,它或许不再是一只狗了,而是摇身一变,变成四条腿的有价值的宝物。当然,它还是狗,但与此同时,它也是其他的某种东西。因为或许某个富人听说过,或许某位留心的商人或者养狗场主人看见过,他们可能想买下这只狗。在爱狗这方面,富人与穷人没有差别——均出自真心,但是在看待金钱方面他们之间是有分歧的。穷人会坐下来思考冬日里所需煤炭的数量、鞋子的数量,还有孩子们保持身体强健应摄入多少食物——于是,他们回到了家,说道:"现在我必须这么做,所以不要再折磨我让我苦恼了!将来我们会再养一只的,你们也会像爱这只狗一样爱它的。"

于是,格里诺尔许多品种优良的狗都被卖掉了,离开了这里。但是莱西没有!

这是为什么村里人尽皆知的原因,原来甚至路德林公爵(Duke of Rudling)都没能从山姆·卡拉克拉夫手中买走莱西——这位公爵的住所在距格里诺尔一英里的大庄园里,拥有自家养狗场,所饲养的都是良种狗。

三年以来,公爵一直想方设法从山姆·卡拉克拉夫手中得到莱西,只不过山姆始终坚持自己的立场。

"阁下,请不要再提高价位了,没有用的。"他这样说道,

"她只是——这样说吧,她是无价之宝,是非卖之物。"

整座村落的人都了解。这就是莱西对于村民而言意义非凡的原因。她代表了某种金钱根本无法衡量的尊严。

然而,狗属于人类,而人类又为命运所制。在人的一生中,会有这样的时刻到来,命运逼迫着他,直到他决定舍弃尊严,屈服于命运,只为家人能够过上温饱的生活。

第二章 "我坚决不要另一只狗"

　　莱西并不在那儿！乔·卡拉克拉夫所知道的只有这些。那天，他和其他同学兴高采烈地一拥而出、跑过校园，当一天的课程结束的时候，全世界几乎所有学校都会如此。几百天养成的根深蒂固的习惯，使他几乎是自动地跑向校门口，来到莱西通常等候的位置。然而发现她并不在那里。

　　乔·卡拉克拉夫站在那里，试着弄明白前因后果。他身材强健，面容俊美。棕色的双眼上和宽宽的前额间，双眉紧蹙。最初他发现自己并没有意识到，但他的感官已经告诉自己，一切都是真的。

　　他在街上环顾四周。或许莱西来晚了！可是他清楚这并不可能，因为动物并不像人类。人虽然有手表、时钟，但是他们总会发现自己"晚了五分钟"。动物并不用机器来通报时间，它们的身体里有某种比时钟更精确的东西。这就是"时间概念"，从不会出错。它们坚定地、真正地、精确地知道何时该参加每日固定的活动。

乔知道这一点。他常常和爸爸讨论,问爸爸莱西是怎么知道何时该动身前往校门口的。莱西是不会来迟的。

乔·卡拉克拉夫站在初夏的暖阳中思考着这件事,突然一个念头闪过脑海:

或许莱西被车子碾轧了!

尽管这种想法让他陷入恐慌,不过他很快将其排除了。莱西是经过严格训练的,不会大意地在街上四处游荡。她总是迈着优雅稳健的步子行走在乡间的人行道上。而且,格里诺尔的交通极其不方便。一条主要的机动车道位于一英里外的山谷河间,只有一条小道通向村庄,不过远在通进这片平野之前,这条小路就缩窄成一条羊肠小道了。

又或许有人偷走了莱西!

可是这几乎不可能。除非卡拉克拉夫家中的一员在场,命令她服从,不然没有陌生人可以触碰莱西。此外,格里诺尔方圆数英里,莱西可以说是闻名遐迩,没有人敢如此大胆将她偷走。

但是她会在哪儿呢?

像世界上成千上万个孩子解决问题那样,乔·卡拉克拉夫跑回家问他的妈妈。

顺着大路,他以最快的速度一路飞奔,没有停歇。他跑过街边的商铺,穿过小巷,跃上山坡,冲进大门,沿着花园小径破门而入,大声喊道:

"妈妈?妈妈——莱西她出事了!她没来接我!"

当脱口而出的那一刻,乔就意识到一丝不对头。没有人一跃而起质问出了什么事,貌似没有人为他们的爱狗会遭遇什么不测而担心害怕。

乔留意到了这一点。他背对着门站着,等待着。他的妈妈目光低垂,看向桌子开始准备茶点,有那么一片刻,她站在那里一动不动,然后看向了自己的丈夫。

乔的爸爸坐在炉火前的矮凳子上,头转向儿子这边,又缓慢地、无声无息地转了回去,一心一意地凝视着炉火。

"发生什么事了,妈妈?"乔突然哭了,"到底怎么了?"

卡拉克拉夫夫人慢慢地将一个盘子放置在桌上,说道:"唉,总要有人把这件事告诉他的。"她仿佛在对着空气讲话。

她的丈夫仍旧一动不动,她转过头来对儿子说道:"你还是现在就知道的好,乔。"妈妈说道,"莱西不会再去学校接你了。哭也是没用的。"

"为什么不能来接我?她到底怎么了?"

卡拉克拉夫夫人走向壁炉,将水壶放在上面,头也不回地说道:

"因为我们卖掉了莱西,这就是为什么。"

"卖了!"小男孩随声附和着,声音很高。"卖了!你们为什么要卖掉莱西?为什么要卖掉她?"

妈妈生气地转过来。

"现在,我们已经卖掉她了,她走了,一切都结束了。所以不要再问任何问题了,改变不了的。她走了,事情就是这样——我们谁也不许再提起她。"

"可是妈妈……"

男孩的哭声回响在屋中,高亢却充斥着困惑。妈妈打断了他:"好了不要哭了!过来喝茶!过来,快坐下!"

男孩乖乖地走到桌子旁,坐到自己的位置上。卡拉克拉夫夫人转向壁炉旁的丈夫。

"山姆,过来,吃点东西。天晓得,我们这么寒酸,哪有什么东西吃啊……"

当她的丈夫突然生气地站起来时,女人瞬间变得安静了。他一言不发地大步走向门口,从衣架上拿走帽子出了门。门在他身后猛然关上,片刻屋内陷入了沉静。随后女人提高了音量,带着训斥的语气说道:"看吧,你做的好事!把你的爸爸彻底惹怒了,现在你高兴了!"

她疲倦地瘫在椅子上,盯着桌子。很长一段时间,小屋内一片寂静。乔清楚,妈妈为发生的一切责备他是不太公平的。然而他也懂得,妈妈这么做是为了掩盖她真实的内心,就像妈妈平常对他的责骂一样。当地人的做法一贯如此。他们性格粗犷、倔强,习惯过着粗糙艰苦的生活。当一些事情触碰到了他们柔软的情感时,他们就会选择掩盖真心。女人们用斥责和唠叨来遮掩自己的苦痛。她们这么做没有其他的意思,什么事过去就过去了……

"好了,乔,都吃光吧!"

妈妈的声音变得温柔且有耐心了。

男孩盯着盘子,一动不动。

"好啦,乔。把面包和黄油都吃了。看——新鲜的呢,可好吃了,我今天新烤的。想不想吃点啊?"

男孩将头埋得更低了。

"我一点儿也不想吃。"他低语道。

"噢!狗,狗,你眼里只有狗!"妈妈突然又发怒了,她生气地再次提高音量,"所有的麻烦全是因为这只狗。好,要是你问我,我只想说:'莱西走了,我非常高兴!真的。'像养一个孩子一样养着她,带给我多少麻烦!现在她走了,一切都结束了,所以我很高兴——真的,我特别高兴!"

卡拉克拉夫夫人抖动着丰满的身躯,开始啜泣起来。她从围裙的口袋里拿出手帕擤了擤鼻子。终于,她不哭了,看了看儿子,儿子还是一动不动地坐在那里。她伤心地摇了摇头,开始说话。她的声音再一次和蔼、有耐心了。

"乔,过来。"她说。

男孩起身站到妈妈身边。她伸出圆圆的胳膊抱住儿子,转向炉火,说道:

"听着,乔,你现在快成为大孩子了,应该懂事了。你知道的——这些日子我们家的状况并不是很好,你知道我们家的情况。而且我们要吃饭,还要交房租——莱西的确很值钱——但是我们没有能力再养她了,就是这样。现在是困难时期,所以你一定——一定不要再让你爸爸心烦了。他已经很烦恼了——况且——哎,莱西已经离开我们了。"

小乔·卡拉克拉夫站在妈妈身边,他的确明白懂事了。在格里诺尔,甚至一个12岁的小孩子都明白什么是"困难时期"。

多少年来,当孩子们开始记事时,他们的爸爸就在村外的名叫惠灵顿矿井的地方挖煤。他们带着饭盒和矿灯,来往上下班;他们的工作就是挖出丰富的煤炭。但是后来,煤矿进入了萧条时代,矿井的工作变得不景气了,矿工们的薪水也变得微薄了。有时工作有些起色,矿工们才会上一整天的班。

这个时候,每个人都很高兴。但这并不意味着他们过上了富足奢华的生活,矿村里的人们最好也只能勉强度日。但至少日子是靠勇气和家庭的团结度过的,即便餐桌上的食物再简单朴素,也是够大家互相平分的。

只是在数月前,矿井就彻底地倒闭了,通风井上的大轮也不再转动。矿区内再也不会出现矿工们川流不息地上下班的场景，取而代之的，是在职位介绍所里寻找新的受雇的机会。他们站在介绍所内的角落里，苦苦等待，然而没有工作幸临于此。他们似乎处于报纸上所说的"受灾地区"——在国家的这些地区，工业生产彻底停滞，全村人都失业，无处谋生。政府发放给当地人一笔失业救助金——相当于一星期的工资——好让他们继续"坚强"地活着。

乔很清楚这些。他曾听说过村里的人们谈论此事，见过在职位介绍所里苦苦等待的人们。他知道他的爸爸不再去上班了。同时他也知道父母从未在他面前提过这件事——他们用简单善良的方式，不让儿子稚嫩的肩膀也承受生活的重负。

尽管理性告诉他这些事实，但他的心仍在为莱西啜泣着，他压制住了，没有哭出来。

他静静地站在那里，问道："妈妈，将来某一天我们能再把她买回来吗？"

"听着，乔，莱西是很珍贵，但是她对于我们来说太贵了。将来我们可以再养一只的。只需要耐心等待，等家境好转了，我们再养只小狗，你认为呢？"

乔·卡拉克拉夫低下头，慢慢地摇了摇，喃喃道：

"我从来不想要别的狗。决不！我只要——莱西！"

第三章　臭脾气老头儿

路德林公爵在杜鹃花的树篱旁站着,双目圆瞪,再次提亮嗓门:

"海恩斯(Hynes)!"他吼着,"海恩斯!这家伙去哪儿啦?海恩斯!"

此时,公爵那涨红的脸、风中凌乱的白发,使他非常贴近人们对他的称号:约克郡的三大区域内脾气最差的老头儿。

不管是否应得这样的名声,此时他的言行举止似乎已经说明这个称号"配得上"他。

或许在一定程度上,也是因为他聋的厉害,使得公爵无论与谁说话,都像多年以前检阅步兵队列时下达命令那样声音洪亮。他还有一个习惯,随身带一根李木手杖,而且总是在空中大肆挥舞,以强调他已经尤其强调了的话。还有一点,他的坏脾气也是因为:他对这个世界感到不耐烦。

公爵心中有一个坚定的信仰:当今的世界每况愈下,已不似从前，没有什么比他年轻时要好。马跑得不如以前快，男人没有以前那般勇猛威风，女人也不似从前那样靓丽，甚至连花儿都不敌往昔，而狗呢，如果这世上还存在良种狗的话，那都是因为它们在自己的养狗场里呢。

在公爵看来，现在的人甚至连纯正的英语都不会讲。他坚信，自己听不清楚别人讲话，不是因为耳聋，而是因为如今的人们习惯不好，话说半截，不像他年轻时候的那一代人，讲话明晰、坦率。

一旦提起年轻的一代，这个老头儿能够——而且经常会——发表数小时的演讲，用来评论出生在20世纪的人是如何无能。

可令人费解的是，在所有亲人中，公爵唯一能与之合拍的，竟然是年龄最小的、12岁的小孙女——普莉希拉（Priscilla）（似乎小孙女也和爷爷合拍）。

正当老公爵站在杜鹃花的树篱旁，挥舞着手杖大声喊叫却无人应答时，普莉希拉前来"营救"他了。

她灵巧地避开爷爷手中胡乱挥舞的手杖，跑近他身旁，拉着他的粗花呢诺福克外套的口袋。老公爵转过头来，胡子竖立着。

"哦，是你呀！"他大声说道，"终于有人来啦，真是奇迹啊。真不知道这世界怎么了，佣人没一个有用的！人人都聋得听不见！世风日下啊！"

"胡说！"普莉希拉反驳道。

她真的是个非常独立、沉着冷静的小姑娘。通过和爷爷的频繁交流，她越来越认为他们关系平等——一个像老小孩，一个像小大人。

"你说什么？"公爵吼道，低头看她，"大点声！别含含糊糊的！"

普莉希拉扳低他的头，直接对着他的耳朵说道：

"我说，你在胡说！"她大声喊道。

"胡说？"老公爵大声回问道。

他低头凝视着小孙女，随即爆发出爽朗的笑声，用一种奇怪的方式对她的话进行分析。他确信如果普莉希拉勇气十足地反驳他，那么这一定是从他的身上继承来的。

低头看着孙女，公爵的情绪好多了。他捻着他那长长的白色胡须，这种胡须精致庄严，完胜如今的人们刻意修饰的胡子。

"啊，你来了真好。"公爵深沉地说道，"我想给你看看一只新的狗。她很了不起！特别漂亮！是我见过的最棒的柯利牧羊犬。"

"她比不上以前人们养的狗吧，对吗？"普莉希拉问道。

"别嘀嘀咕咕的。"公爵大声说道，"你说什么都听不见。"

其实他听得非常清楚，只是他决定将其忽略。

"我就知道，我一定会得到她的。"他继续说，"我都惦念她三年了。"

"三年！"小孙女重复道，她知道爷爷是希望她说出来的。

"是啊，三年了。呵呵，他以为自己能战胜我呢，可是没有啊！三年前我出10英镑，他不卖。后来又涨到12英镑，还是不卖。去年我提价到15英镑，并告诉他已经是最高价了——我也是这个意思。但是他仍然坚持，又坚持了6个月，就在上个星期传话过来，说他接受了。"

老公爵似乎对自己的做法很满意，可是他的小孙女却摇着头。

"你怎么知道她有没有被作假呢？"

问这个问题是很自然的，如果一定要说出真相，那就是约克郡的人不仅擅长养狗，有时还会将养狗的经验用过了头。他们经常会运用不正当的手段来遮掩狗的缺点：例如，狗的耳朵不正或尾巴有缺憾，他们会将其掩盖起来，在购买时是绝对看不出来的。缺乏经验的买方在买到狗并带回家很久以后，才会发现端倪。这些骗局就是"作假"。买卖狗——和买卖马匹是一样的——都有一个不成文的规定：买者自负（谨慎购买）！

公爵听到孙女的问题，将嗓门提得更高了。

"我怎么晓得她有没有被作过假？因为我也是名约克郡人，知道的手段可不比他们少，我保证，我还会更多。"

"但这只没被作过假，而且我是从……那个叫……卡拉克拉夫的手中直接买过来的。我太了解他了，他可不敢和我玩心计。绝对不敢！"

老公爵在空中挥舞着他那根黑刺李拐杖，好像在对任何想和他玩心计的人挑衅。他和小孙女沿着小路走到养狗场，在一个铁丝网前停下来，看着里面的狗。

普莉希拉看到，躺在那里的，是一条黑白金三色相间的柯利牧羊犬。它的头枕在前爪上，高贵的头颅之上，毛发乌黑柔亮，鲜明地映衬着雪白宽大的脖颈和前胸。

公爵的口腔内发出咔哒声，向狗发出了信号，但是她却没有反应，只是轻微动了动耳朵，表示她听见了。她趴在那里，目光并没有转向前来看她的两个人。

普莉希拉蹲了下来，拍着手，很快地叫着："来呀，柯利牧羊犬！到这来！来看我一眼！过来呀！"

柯利牧羊犬水灵灵的棕色双眼只是极其迅速地瞥了女孩一下，那双深邃的、棕色的眼睛似乎充满了沉思与忧伤，随后她又回到了那种空然的凝视状态。

普莉希拉站了起来。

"她看起来并不好,爷爷!"

"胡说!"公爵吼道,"她没有什么不妥。海恩斯!海恩斯!这家伙躲哪里去了?海恩斯!"

"来了,先生,这就来!"

从建筑物后面传来了一个尖锐的、鼻音很重的声音,不一会他才急急忙忙地露面。

"来了,先生!您叫我吗?"

"当然,当然!你聋了吗?海恩斯,这只狗怎么了?她脸色不怎么好啊。"

"是这样的,先生,她不太爱进食。"饲养员匆忙解释道,操着伦敦口音,"我想,她一定是被宠坏了。小茅屋里的人溺爱她,给她好吃好喝的,什么都用银勺子喂。但是我认为她会改掉这些臭毛病的,用不了多久,她就会按照我们养狗场的规矩进食,先生。"

"好好盯着她,海恩斯!"公爵吼道,"你把她照看好了!"

"是,先生,一定会的!"海恩斯忠心耿耿地回答道。

"你最好这样。"老公爵说。

然后,老公爵走了,嘴里还在喃喃自语。莫名其妙地,他有一点儿失望。本来想让小孙女见识一下他新购的良种狗,却不曾想,让她见到的,只是一只目中无人的小牲口。

他听见小孙女在讲话。

"唔,你在说什么?"

普莉希拉抬起头:

"我在问,为什么那个人把狗卖给你呢?"

听到这儿,老公爵停了一会儿,挠了挠头。

"呃……我猜他可能知道我出的是最高价了。我曾告诉他,我不会再多给他一个子儿的,后来他可能明白我的意思了。就这样子。"

祖孙二人一起回到高大的旧宅里,海恩斯,那个饲养员,转身跑回到狗的身边。

"在我下班之前,我得看着你吃。"他说道,"如果你不识相的话,我会把它们全塞到你的嗓子里去。"

狗没有回应,仍然纹丝不动。她只是眨了眨眼,好像并没有理睬铁丝网另一边的人。

男子走后,狗在阳光下仍然一动不动地趴着,直到夕阳把影子拖得越来越长,她才心神不安地站了起来。她抬起头闻了闻微风的味道,似乎没有嗅到她想要的气味,轻轻地呜咽着。然后变得烦躁不安起来,在笼子里不断地走来走去。

莱西只是一只狗,她不能像人类那样用大脑思考。只是在她心中,在她的身体里,一种模糊的欲望在发酵。很快,这种欲望越来越明晰,那是生物钟在推动她的大脑与肌肉。

忽然,莱西知道她想要做什么了。她终于明白了。

第四章　莱西重归

当乔走出校园穿过校门时,他简直不相信自己所看到的,站在那里愣住了几秒,片刻后,他发出了尖叫:"莱西!莱西!"

他冲到莱西面前,喜不自胜地跪在她身边,双手深入她丰满的毛发里,将头埋进她的鬃毛中,轻拍着她。

乔重新站了起来,高兴得几乎手舞足蹈。可是,男孩和狗的表现却成了鲜明的对比:男孩高兴得飘飘然,而狗只是平静地坐着,仅仅摇着她那纯白尾尖的小尾巴,表示她见到乔很高兴。

她似乎在说:"有什么好兴奋的?我本就应该在这儿啊,我来了。有那么值得高兴吗?"

"走,莱西。"男孩叫道。

他转身沿着大街奔跑起来。有那么一会儿,他没有分析莱西为什么会在这里。当疑虑侵袭他的脑海时,他很快将其排除了。

有这么好的事发生了,还问什么呢?好事发生了就已经足够了。

但是他的内心无法平静,可他还是一次次地压制住了。

爸爸又把莱西买来了?可能就是这样!

乔在街上全速奔跑着,而莱西也好像被他的热情感染。她在乔的身边跑着,高高地跳跃在空中,而且和平时一样发出欢快的尖叫,嘴张得很大。柯利牧羊犬通常在高兴的时候都是这副神情,使得主人总是信誓旦旦地炫耀道,"他们的狗在高兴时会咧嘴笑"。

在经过职位介绍所时,乔才放慢了步伐。这时,其中一个声音传来:"嘿,小家伙,在哪找到的狗啊?"

讲话的人约克郡口音很重,乔也同样用该口音回复。柯利牧羊犬在学校里,孩子们都讲"纯正"英语,而回到家后,和家长说话就要使用当地口音,这被看作是种礼节。

"我在校门口找到她的。"乔大声回道。

但是立刻,他明白了真相。他的爸爸并没有买回莱西,不然所有人都会知道。在像格里诺尔这么大的小村庄里,每个人都知道别人家的事情,大家相互没有秘密。当然,在这座独特的村庄里,像买卖莱西这样重要的事,一定是人尽皆知的。

莱西逃跑了!这就是事实!

明白之后,乔不再兴高采烈地跑跳了。他慢慢地、充满疑惑地走着,一直走到通向家的山坡小路。到了门口,他回过身,难过地说道:"跟着我走,莱西。"

他双眉紧蹙思虑重重地站在门外,在努力使自己的表情看起来若无其事之后,他推开门走了进去。

"妈妈。"他说道,"我有一个惊喜。"

他将手伸向妈妈,似乎这种手势会帮他得到最渴望的东西。

"莱西回家了。"他说。

他看到妈妈在盯着自己,爸爸也从炉火旁的座位上抬起了头。而且,自从乔进屋之后,他就发现父母的眼睛转向了顺从地跟在他后面的莱西,他们凝视着她,但是不说话。

柯利牧羊犬好像理解这种安静气氛的含义,她停顿片刻,然后低着头走着,就好像知道自己做错事了——但是不清楚错在哪儿的那副表情。她走到炉前的毛皮地毯上,摇晃着尾巴,似乎表示,不论犯了多大的罪,她都愿意去弥补。

然而她似乎没有得到原谅,因为男人很快将目光从她那儿移开,转而盯着炉火。这就说明他并不想理睬她。

莱西慢慢地蜷起身子,陷在毛皮地毯里,以至于她的身体能触碰到男人的脚,但是男人把脚拿开了。莱西将头枕在双爪上,然后像男主人一样,注视着炉火深处,似乎在那片金灿灿的、迷幻的领域里存在着能解决他们所有烦恼的妙招。

最后还是女人先动了。她抚摸着莱西,发出了悠长沉重的叹息——清晰地充斥着她恼怒的心绪。乔看着妈妈,试着缓和整座屋子里冷漠的氛围,他开始讲话了,声音欢快,充满希望:

"我一出学校就看见她在那儿了。她就在校门口——之前经常在的那个地方等着我。你们从来没见过有谁见我像她一样高兴。她向我摇着尾巴。她见到我真的特别高兴。"

乔不停地说着,话语如滔滔江河,奔腾而出。似乎只有他不停地说,爸爸妈妈才不会说出他所惧怕担心的话。仿佛他那如洪水泛滥的话语,能够阻止他们对莱西的最终宣判。

"我能看出来,她很想家——想我们每一个人。所以,我认为我必须把她带回来,之后就可以只……"

"不可以!"

妈妈高声打断了儿子的话。这是他的父母良久沉默后说的第一个词。乔呆呆地站立了片刻,又继续口若悬河地说下去,他在为自己想要又不敢奢求的东西而极力争取。

"但是她回来啦,妈妈。我们可以将她藏起来,他们是不会知晓的。而且我们可以说没有见过她,他们就会……"

"不行!"妈妈义正词严地重复了一遍。

她气愤地转过头,继续摆桌子。她和乡下其他女人一样,通过斥责来消除心中的苦闷。妈妈继续说下去,为了掩盖心中的真实情感,言辞变得冰冷且刺耳。

"狗,狗,狗!"她叫喊着,"现在我一听见谁说狗就烦。我不会要她的!我们已经把她卖了,她离开了,和我们没有关系了!赶快把她带走,别让我再看见,越快越好!快出去!快点儿!要不然咱们家接下来要发生的,就是海恩斯会主动找上门来,他可是个百事通啊!"

最后几个字的音调变得异常尖锐,这是她在模仿海恩斯的说话方式。这个路德林公爵的狗场饲养员来自伦敦,他那发音清楚的伦敦腔似乎总会惹恼当地人。当地人讲话语速缓慢,元音发音饱满。

"好了,我就说这些。"妈妈说道,"所以你还是面对现实吧,把她送回到买主身边。"

意识到求助于妈妈无望后,乔又将希望寄托在坐在炉火旁的爸爸。但是爸爸好像没听见他们在讲话。乔倔强地撅起嘴,绞尽脑汁地寻找能够说服爸爸的手段。但现在,莱西为自己而辩论。小屋恢复安静后,他似乎认为一切麻烦都已经过去了。于是她缓慢地起身走向男主人,用修长的鼻子轻触他的手,当一只狗想要吸引主人的注意、得到主人的爱抚时,就会这么做。但是男人缩回了手,躲开了莱西的鼻子,继续凝视着炉火。

乔注视着这一切。他转而用温柔的方式说服爸爸,"嘿,爸爸。"他伤心地说道,"您至少对她表示一点欢迎吧,这并不是她的错,她回到家多高兴啊。您拍拍她吧。"

爸爸并没有对儿子的话做出任何表示。

"您想啊,碰巧他们并不在乎莱西是否在养狗场呢。"乔接着说,就好像在和小屋里的空气对话,"您认为他们会怎么喂她呢,喂得好不好呢?

"就比如她的毛发,看起来有点儿发蔫,是不是?爸爸,你不觉得只要在她的饮水里滴上一点儿亚麻籽油,就能使她的皮毛恢复亮泽吗?我就是用这种方法让狗毛色鲜亮的,对吧,爸爸?"

乔的爸爸慢慢地点着头,依然凝视着火焰。但即使他还没有意识到儿子的"进攻",卡拉克拉夫夫人也已经明白了。她嗤之以鼻地说:

"是啊。"她冲儿子发起火来,"如果知道用棍子敲碎鸡蛋,却不了解狗的优劣的话,那也谈不上是卡拉克拉夫家的人,更不算是约克郡里的人。"

她充满怨愤的声音轰响在整座茅屋里。

"上帝!在我看来,有时候这个村庄的男人爱狗更甚于爱他们自己。的确是这样。现在生活困难,可他们找到工作了吗?没有。只有这点儿可怜的救济金。我敢断定有些人只管把狗喂饱,这就满足了,至于孩子,他们才不管饿不饿呢。"

乔的爸爸不自在地动了动脚,男孩急忙插嘴道:

"但是真的,妈妈,她看上去瘦了。我确信他们没有好好喂她。"

"嗯。"妈妈不假思索地回答道,"这一点,我可不放心那个百事通海恩斯会不会把给狗吃的最好一部分肉偷走,留给自己吃。我这辈子从来没见过有人瘦成像他这般,只剩皮包骨、一脸吝啬相的人。"

她一边喋喋不休地说着,一边转向莱西。突然,她的音调变了。"啊呀!"她惊呼道,"她怎么这么寒碜。可怜的东西!我最好喂她吃点东西,她一定会一扫而光的,不然,算我不了解狗。"

随后,卡拉克拉夫夫人似乎意识到这种同情心与5分钟之前她所说的话自相矛盾。为了给自己打圆场,她提高声音,为自己辩护道:

"但是她一吃饱就得回去。"她责怪着,"而且她走以后,家里不许再出现狗。养一只狗并伺候着,就像养孩子一样麻烦。为它付出那么多,最后得到什么了?"

妈妈一边生气地说着,一边在锅里热着食物。然后她将食物摆在狗面前,和儿子站在一起,看莱西欢快地吃起来。但是男人始终没有将目光投向曾属于他的莱西。

莱西吃完后,卡拉克拉夫夫人将盘子拿走了。乔走向壁炉台,拿出一块折叠着的布和一把毛刷。他坐在炉边的地毯上,开始打扮起莱西的毛发来。

最初,男主人还是盯着炉火看。后来,尽管他极力克制,但还是忍不住快速地瞥了几眼身边的儿子和爱犬。终于,似乎他再也忍受不住了,转过身伸出了手。

"不是这么做的,小家伙。"他说道,声音粗糙却饱含温情,"如果你去做一件事,不妨学着怎么做好。看——像这样!"

他从儿子的手中拿过毛刷和布,跪在毛毯上,开始熟练地为狗梳理，用布擦拭她丰盈纤长的毛发。一只手小心翼翼地拢着她高贵的口鼻，另一只手负责梳理那雪白的脖颈，又颇具艺术感地抖开腿部、胸部以及腹部的鬃毛。

因此，一段时间内，小屋里的气氛安静祥和、其乐融融。男人将所有烦恼抛到九霄云外，一心一意地照顾着莱西。乔坐在旁边的地毯上，看着毛刷在爸爸的手中灵活地翻转，默记在心；他知道——村里人尽皆知——方圆几英里没有人会像他的爸爸，山姆·卡拉克拉夫那样，无论是在平日里还是参加展览，都将爱犬美美地装饰一番。乔最大的愿望与雄心，就是将来某一天，能像爸爸那样，精通养狗之道。

似乎这时，卡拉克拉夫夫人才首先记起被他们全然忘却的事实：莱西再也不属于他们了。

"行啦，求你们了。"她怒气冲冲地喊道，"把这只狗送走好不好？"

乔的爸爸突然发起火来。他浓重的约克郡方言听起来要比村内所有男性的声音都低沉。

"你不会想让我把一只看起来脏兮兮的像一团要洗的衣服的狗送过去吧，嗯？"

"听着，山姆，算我求你了。"女人哀求道，"如果你不快点将她送回去……"

她停下不说了，所有人都静静地听着。脚步声顺着花园小径传了过来。

"他来了。"女人气愤地喊道，"是海恩斯！"

她跑向门口，但还没等她到那，门就被推开了，海恩斯闯了进来。瘦小的身躯裹着格子花纹外套、骑马裤，缠着绑腿布。他站立片刻，随后目光投向了炉边的莱西。

"哎哟哟，我就知道是这样！"他吼着，"我就猜一定会在这找到她的!"

乔的爸爸缓缓起身。

"我刚刚把她弄干净点儿。"他语气沉重地说,"正要给你送回去。"

"我敢赌你肯定会的。"海恩斯嘲讽道,"你正要给我送回去——你一定会啊。可是好巧啊,我要带她回去了——我只是偶然间顺便走访一下。"

他从口袋里拿出一条系狗的皮带,快步向莱西走去,将皮带索套在她的头上。随着他用力拉拽,莱西乖乖地站了起来,尾巴低垂,跟随男人走向了门口。到了门口,海恩斯停下了脚步。

"嘿,都给我听着。"他临走时说道,"我可不是三岁小孩儿,而且我对奸诈诡计也知晓一二。你们这群约克郡人!我对你们这群人还有你们那些恋家的狗了如指掌。在卖掉它们之前,你们训练它们如何挣脱绳索,然后跑回家,因此你们就能把狗卖给别人了。不过,这些玩意儿在我这儿可不好用,根本不好用!因为我自己也会耍耍花招,我……"

他突然闭上了嘴,因为乔的爸爸气得涨红了脸,怒发冲冠地走向门口。

"呃……晚安。"海恩斯赶快说道。

之后门被关上了,海恩斯和柯利牧羊犬离开了。很长时间内,小屋又处于死寂的氛围中,后来,还是卡拉克拉夫夫人先开了口:

"我受够了,受够了!"她喊道,"大摇大摆地闯进家里来,甚至连客气话都没有,也不摘掉帽子,好像认为自己就是公爵一样。所有这一切都是因为那只狗!现在,她走了,依我说,摆脱她是件喜事。现在我们家终于能清净点儿了。

我希望再也看不到她！真的！"

她越责备，越收不住话。乔和爸爸一起坐到炉火旁。现在他们都静静地凝视着火焰，纹丝不动。像其他北方人身陷困境时一样，父子均将心事深埋心底。

第五章　"别再归来"

如果卡拉克拉夫夫人认为就此万事大吉了，那她可搞错了，因为次日莱西再次来到校门口，忠实地履行着她的职责——等乔放学。

乔又将莱西带回了家。走在路上，他准备为狗的去留奋力一搏。对于他来说，这个过程很简单。父母见到莱西如此忠心耿耿，他们就会起恻隐之心，然后就会让莱西留下来，还会因为她的忠诚而奖赏她。然而他也知道，说服父母并非易事。

他带着莱西，慢慢走上山坡小径，推开了门。小茅屋里一切一如往常——妈妈正在准备晚餐，而爸爸坐在火炉前沉思着，失业后的这段日子，他每天都会这样，一坐就是数小时。

"她……她又回家了。"乔弱弱地说。

在妈妈开口的那一瞬间，他的希望就破灭了。妈妈的话语间丝毫没有让步之意。

"不行！我受不了了！"她喊道，"别带她进屋——怎么求我都没用。必须现在就让她走！立刻！"

妈妈的话语如瀑布般奔腾而下，冲击着乔。在约克郡这个家教严谨的家庭中，父母管教严厉但施教仁慈宽厚，使得乔几乎没有顶撞过父母。可是这一次，他必须放手一搏，得到他们的理解与支持。

"可是妈妈，就一会儿！求求您了，就一小会儿，让我和她待一小会儿就好！"

他认为只要能和莱西在家待一会儿，父母就会心软。或许莱西也有同样的想法，因为正当乔说话时，她走了进来，来到壁炉前的毛毯上习惯待的地方。她仿佛知道这是一场针对自己的谈话，她静静趴着，目光从一个人移到另一人身上，不清楚平日里细声柔语交谈的人们为什么语气会如此尖刻刺耳。

"不可以，乔。你让她在这停留的越久，就越舍不得把她送走。她必须回去！"

"可是，爸爸妈妈，拜托你们看看啊！她看起来并不好。他们肯定没有好好喂她。你们难道不认为……"

乔的爸爸起身面对着儿子。他脸色苍白，面无表情，但是声音却充满着理解。

"这一次不可以，乔。"他冰冷生硬地说，"你知道，孩子，真的没有用。吃过茶后我们必须将她送回去。"

"绝对不行！现在就送回去！"女人大声喊道，"否则，那个海恩斯还会来的。我可不想再让他进我们家门，就像进到自己家一样！现在马上戴上帽子，把她送走。"

"她还会回来的，妈妈。难道您没看出来吗？她会再次回到家里。她是我们家的狗……"

当看见妈妈疲倦地坐在椅子上时,乔不再说了。女人看了丈夫一眼,丈夫点了点头,似乎表明儿子说得对。

"莱西回来是因为我们的儿子,你明白的。"男人说道。

"我也没有办法,山姆,必须送走她。"卡拉克拉夫夫人缓慢地说道,"如果她回来是为了儿子,你必须把儿子也带着,让他和你一起去,然后让他在养狗场将莱西安顿住。如果儿子吩咐她在那儿好好待着,或许莱西就会明白,然后满意地待在那里,不再回家。"

"嗯,听起来有点道理。"男人慢慢地说着,"戴上帽子,乔,跟我走。"

乔不情愿地拿起帽子。男人轻柔地吹了声口哨,莱西便温顺地站起来。父子俩还有莱西一起走出了小屋。身后,乔的妈妈依然喋喋不休,声音充满疲倦,好像即刻就要累到哭出来。

"如果她能待在养狗场,我们家就能和平安宁一些,虽然天晓得,这段时期哪有安宁可言,一切本来就是这样子……"

乔听见妈妈的声音逐渐减弱,他安静地跟在爸爸与莱西身后,独自走着。

"爷爷。"普莉希拉问道,"动物能听见人类听不到的声音吗?"

"噢,能啊,当然能。"公爵吼道,"比如说狗,它的听觉是人类听觉的五倍。举个例子,我不发出声音吹了口哨。事实上并不是无声的,而是高频率的声音,但是我们听不见,人类都听不见。而狗就能听见,于是它就会跑过来,那是因为……"

普莉希拉看到爷爷突然一惊,开始一边沿着小路走去,一边威胁似的挥舞着黑刺李手杖。

"卡拉克拉夫!你在那和我的狗做什么呀?"

普莉希拉看见小路那边,一个高大健壮的男人站在那里,身旁站着一个身材强健的男孩,男孩的手轻轻爱抚着柯利牧羊犬的鬃毛。她听见狗弱弱地低吟着,仿佛在抗议爷爷那威胁般的靠近,随后男孩低声说着什么,狗才安静下来。小女孩跟随着爷爷,向陌生的父子二人走去。

见到他的到来,山姆·卡拉克拉夫摘下了帽子,同时碰了下儿子,示意他照做。这种行为并没有卑躬屈膝之意,只是许多朴素的村民想表达自身教养有方、礼节周到。

"她是莱西。"卡拉克拉夫说道。

"她当然是莱西了。"老公爵吼道,"傻子都看得出来。你们和她一起做什么?"

"她又跑掉了,我是来将她归还给您的。"

"又跑掉了?她之前逃跑过?"

卡拉克拉夫安静地站在原地。像大多数村民一样,他头脑反应很慢。从老公爵话语的最后几个字眼中,他察觉到海恩斯并没有把之前莱西逃走的事情告诉公爵。如果他直接回答公爵的问题,他会感到某种程度上,在给海恩斯造谣。虽然讨厌海恩斯,但他也不会告发他,因为本着诚信的原则,他不会做出让人丢掉工作的事。海恩斯可能会因此丢掉饭碗的,如今找份工作很困难。山姆·卡拉克拉夫明白这一点。

最后他还是解决了问题——用特有的约克郡方式,顽固地重述最后几个字。

"我把她带回来了,就这样。"

老公爵用胁迫的目光盯着他,然后将声音又提高一度。

"海恩斯!海恩斯!为什么每次我叫他的时候他都跑掉,

躲得远远的？海恩斯！"

"我来啦，先生，我来了。"一个鼻音很重的声音回答道。

不久，海恩斯就从狗场旁的灌木林里匆忙地挤出来。

"海恩斯，之前这只狗逃跑过吗？"

海恩斯忐忑不安起来。

"呃，先生，是这样的……"

"有过还是没有过？"

"这样说吧，先生，她逃跑过——但是我不想因此惊扰阁下您的。"海恩斯解释道，焦虑地拨弄着帽子，"但是，我非常确信她以后不会再跑掉了。我都不知道她是怎么做到的。我把她下面挖洞的所有地方都用铁丝围住了，我会……"

"你最好注意点儿！"公爵吼道，"蠢货！你就是蠢货！我开始觉得你愚不可及，海恩斯！把她关起来。如果她再逃跑，我就会——就会……"

公爵还没有说完打算如何惩罚海恩斯，就气冲冲地、蹒跚地走了，甚至都没有对山姆·卡拉克拉夫说声谢谢。

普莉希拉察觉到了这一点，她跟着爷爷没走多远就停了下来，回过身，静静地站着，看着她刚离开的那个地方。海恩斯发怒道："我要把她关起来。"他喃喃着，"如果她再逃跑，我就……"

他没有说完，因为当他说话时，似乎要抓住狗的鬃毛。然而没等海恩斯碰到莱西，山姆·卡拉克拉夫沉重的、带钉的靴子就踩到了他的脚，使他像被钉住一样。男主人一字一句地说：

"这一次我把我的儿子带过来，是为了把莱西安顿住的。"他说道，"莱西是为了我的儿子跑掉的，所以，要让他来把狗放进去，命令她留下来。"

随后,这种约克郡低沉的声音提高了一些,好像山姆·卡拉克拉夫刚觉察到了什么。

"嘿,对不起,我没注意到自己踩到你了,过来,乔。把笼子的门闩打开,海恩斯,好让我们把她送进去。"

普莉希拉静静地站在老常青树下,看着莱西穿过养狗场,进了笼子。当男孩靠近铁笼时,柯利牧羊犬抬起头,走向他,紧贴在冰冷的铁丝网上。良久,男孩伫立在那里,透过网孔触摸着莱西冰凉的鼻子。最终,男人打破了这种宁静。

"快,乔,赶快处理妥当吧。再这样耗下去也无济于事。嘱咐她留下——告诉我们不会再让她回家了。"

普莉希拉看着铁笼旁的男孩,他抬头看看爸爸,然后环顾四周,仿佛在某处会有人施以援助。

可惜,四周空无一人,没有人能帮助乔。他咽了下口水,开始说话,语速缓慢,声音低沉,但是后来,语速变得越来越快。

"留下来,好好在这儿住着,莱西。"他说着,声音几乎无人听见。"还有……还有不要再回家。不要再逃跑。不要再到学校接我了。留下来吧,让我们……因为……你不再属于我们了,我们也不想……不想再见到你了。因为你不是只好狗,我们不爱你了,不愿再见到你了。所以,不要再跑回来折磨我们了——永远待在这儿,放过我们。永远——永远永远别再回家!"

莱西似乎听懂了男孩的话,走到笼子的最里角趴了下来。男孩猛然转身离开了。由于眼泪挡住了视线,他险些绊倒。然而身旁的爸爸昂首挺胸,目视前方,他抓住儿子的肩膀,摇晃着他,粗暴地训斥道:

"走路别分神!"

乔小跑着，跟在昂首阔步的爸爸身旁。他百思不得其解，为什么大人在小孩最需要他的时候，会那般冷酷无情。

他在爸爸旁边，边跑边思考，可是他不会懂，爸爸这么做是为了摆脱身后的叫声——柯利牧羊犬的叫声，勇敢的犬吠，呼唤着主人不要遗弃她。乔并不会懂。

还有另一个人对发生的很多事情迷惑不解，就是普莉希拉。她走近狗笼，柯利牧羊犬仍站在那，目不转睛地望着小路的转角，那个看到主人最后一眼的地方。她仰头狂吠，发出求救的信号。

普莉希拉注视着莱西，直至海恩斯从狗场前面过来，她呼叫道：

"海恩斯！"

"为什么狗会跑掉，去找他们？她在这里很不快乐吗？"

"怎么会，您不要担心啦，普莉希拉小姐。她当然快乐了——有这么好的养狗场供她居住。她逃跑是因为他们训练过她。这就是他们的做事方式——在你还没反应过来时①，就将狗偷走，然后转卖他人。"普莉希拉若有所思地皱了皱鼻子。"但是如果他们想要偷回狗，为什么又亲自归还呢？"

"您不必为此烦恼，您可爱的小脑瓜。"海恩斯说道，"您可不能相信村里的任何人，他们总是玩心计，他们——但是他们玩不过我们的。"

普莉希拉想了想。

---

① 原句为 before you could say Bob's-yer-uncle。Bob's-yer-uncle 的用法可追溯至 1890 年，当时人们普遍认为它起源于英国政府任人唯亲的传统做法，可译为"一切都会好的""易如反掌""就这么简单"。本文字面义表示"在你还没来得及说'一切都会好的'之前"，引申为"在你还没反应过来时"。——译者注

"可是，如果小男孩想要回狗的话，为什么最开始卖掉她呢？如果她是我的狗，我才不会卖了她。"

"您当然不会，普莉希拉小姐。"

"那为什么他们会卖掉她呢？"

"为什么他们会卖？那是因为你的爷爷提供给他们很好的价钱，就是这样，一个很好的价钱。他们捡到大便宜了，事情就是这样。换作是我，我会让他们一边凉快去！我确实会这么做。"

海恩斯对这种解释深感满意，他转向狗。狗仍然站在那，向主人发出求救般的号叫。

"安静点儿！去，回你的狗窝，趴着！去！"

狗并没有对他的命令做出任何回应。海恩斯逼近几步，举起手，摆出了一副要好好教训她一顿的架势。

莱西慢慢回过身来，胸腔内发出低沉的咆哮声，慢慢张开嘴，露出亮白的牙齿；耳朵向后伸开，脖颈的鬃毛也慢慢竖起。愤怒的咆哮声越来越响。

海恩斯停住了，舌头在牙齿的缺口间转动了一下。

"噢，你还来脾气啦，嗯？"他说。

普莉希拉走到他前面。

"当心，普莉希拉小姐。如果我是您，就不会靠她太近。她会看你的当儿，猝不及防地咬你一口。我是非常了解狗的！但是我会驯服她，让她成为举手投足间尽显优雅迷人的'女士'。不过在这之前，您要离她远一些。"

海恩斯转身离开了。普莉希拉在铁笼前久久伫立着。她慢慢靠近铁丝网，将手伸入网眼，以便离莱西的头更近些。

"过来，小丫头。"她温柔地叫道，"到我这里来，过来！我不会伤到你。过来呀！"

狗愤怒的咆哮声平息下来,她瘫卧在地上。有那么一瞬间,她棕色的双眼迎上了女孩蓝色的眼睛,然后便不再理会她。带着一种高贵的尊严,她受苦般地趴在铁笼里。双眼不眨,头也不动,她就趴在那里,专注地凝望着那个最后看见山姆·卡拉克拉夫父子的地点。

第六章　隐于沼地

次日，莱西依旧趴在笼子里，初夏的暖阳在她丰盈的毛发间流淌。她的头枕在前爪上，目光依然投向前一晚卡拉克拉夫父子离开的那个方向，双目圆睁，眺望前方。因此，尽管身体处于休息状态，她的感官却时刻保持清醒，不放过任何景象、声音及味道，以便随时捕获到主人返回的气息。

然而，下午很安静，空中只有早期劳作的蜜蜂发出的嗡嗡声，还有英格兰乡间独特的潮湿的味道。仅此而已。

阳光渐渐西斜，莱西开始焦躁不安起来。有一种微妙的冲动感提醒着她，朦朦胧胧又难以言状，就好像闹钟声模糊地响起，打搅了睡梦中的人。

突然，莱西抬起头，嗅了嗅微风。但这并没有平息她内心涌动的不安的浪潮。

她站了起来，向狗场慢慢走去，在阴凉处趴了下来。但这么做还是不能让她安心。于是她重新站起来，回到阳光里，可还是不能消除心中的焦虑。莫名的驱策在心中愈发强烈。她开始沿着笼子里粗壮的铁丝网，循环往复地走来走去。积蓄在内的强大力量促使她永无停息地徘徊着。突然，她停在一个角落，前爪抓住了铁丝的网眼。

似乎这就是信号，她猛然间领悟到了自己想要什么。是时间！接男孩放学的时间到了！但这并非表明，她会像人类一样明白地思考，只是盲目地感觉到了而已。内心的冲动感完全控制住了她，其他一切事物皆被抛到感觉或者意识之外。她只知道，去学校的时间到了，和多年来日复一日所做的事情一样。

尽管莱西竭尽全力地去抓铁丝网，但是仍无法将其撼动。记忆提醒着她，曾经在这里逃走过。她用力抓着、撕扯着，又低下身来挖土，收紧强健的颈背部肌肉，以便从铁笼下钻出去。但是海恩斯已经切断了这条逃生之路。他用更结实粗壮的铁丝将笼子加固，又在其旁边钉上牢固的木桩。不论莱西怎样用力抓都于事无补。但似乎挫败与流逝的时间赐予了她更多力量，莱西在铁笼内到处奔走着，拼命抓挠着那些凭直觉认为可能是逃生之处的地方。然而，海恩斯已经将铁笼进行全方位加固了。

沮丧与愤怒冲击着莱西，她抬起头疯狂地咆哮着。随后，又试验性地将前腿支在铁丝网上，后腿直立，向上看去。

如果可以从一种东西的下面通过，那么也能从上面越过！

狗清楚这些，既不是依靠逻辑上的思维过程，也不是因为有人教她必须这么做。即使是最天资聪颖的狗，也是慢慢地、依靠模糊的直觉，以及短暂的一生中所受的训练而渐渐学会的。

因而，莱西心中的新主意起初是模糊的，然后逐渐变得清晰。她一跃而起,又掉了下来。围栏的高度是六英尺,对于柯利牧羊犬而言有些过高了。换做是灵缇犬(greyground)①或是俄国狼狗(borzoi)②,就一定会轻松跃过。通过多年以来的养狗过程,人们会根据不同需求,来培养各类能力的狗。柯利牧羊犬属于"工作犬"那一类。几个世纪以来,他们被训练和人类一起劳作、理解人类的语言和手势,以及聪明地帮助他人干活儿,尤其在牧羊领域。这些都是柯利牧羊犬的专长。但是,至于跳跃与奔跑,他们就逊色于那些经过专门训练的狗了。

因此,莱西目前只能跳到接近笼子顶端的位置。她返回到铁笼的一端,全力冲刺,猛然跃起,但每次都会掉下来。

似乎跳出去是不可能的事,然而,良种狗骨子里的勇气和坚持,敦促着她不停地尝试下去,每一次跳跃的地点都不同,好像总会找到那个最佳的起跳位置。

终于找到了那个绝佳地点!

她在铁笼的一角起跳,那里的铁丝网恰好相交成直角,而且,当她腾空而起时,强劲的后腿可以在围栏的转角找到支点。

她再次尝试了一次。这一次,像人在攀爬梯子一样,她带着一股强大的力量,越爬越高。眼看就要到达顶端,最后还是掉了下来。

然而,她很快就掌握了要领,返回再冲刺。这一次,她奋力蹬开铁丝网,全速前进,凭借冲刺的强大惯性,在挣脱地心引力的瞬间,四爪紧抓住铁丝网,奋力攀爬,越来越高。

---

① 灵缇犬,又称格雷伊猎犬,身材纤细,腿部长。——译者注
② borzoi,又称波尔瑞。——译者注

终于,前爪触到了,铁笼顶部。她在那里悬挂了一秒,然后身体向上跃着,片刻,身体失去平衡,摇摇欲坠。铁丝网的顶部划过她的腹部,但她并没有在意。她的心中只有一个信念:时间到了,该去见面的地点履行职责了。

莱西拼尽全力向外跳,四肢落在了围栏外的地上。她自由了!

她成功了,似乎所有的怨愤也都离她而去。尽管眼前的路开阔明朗,本能仍驱使着她采取新的行动,仿佛知道若被发现,就得重返牢笼,因此,她小心谨慎地行走着,就像在狩猎或捕猎那般,绷紧每一根神经。

身体紧贴着地面,莱西安静又迅速地穿越小径,到达杜鹃花灌木丛,茂盛的叶子遮住了她的身影。一时间,她如幽灵般闪过远处的墙影。和大多数动物一样,莱西对地形的记忆堪称完美。她以惊人之速,悄无声息地来到围墙的尽头,到达铁栅栏前。栅栏下方有一个洞,她以前发现过。于是迅速钻了出来。

莱西似乎知道这里是敌人领地的尽头,走路的方式也改变了。她重回自然状态,平静地小跑着,头也高高昂起,丰盈的尾巴在身后飘扬,与曲线分明的优雅之身完美相接。她是一只散发着光辉的柯利牧羊犬,欢快地一路小跑着,不惊不躁,安静美好,去履行生活中的日常义务。

乔·卡拉克拉夫万万没有想到,还能再见到莱西。在养狗场命令她留下来、斥责她跑回家后,他就确信,莱西不会再到学校等他了。

然而,在他的内心深处,始终存在一丝虚渺的希望。他曾经梦到过莱西来接他,但从未奢求过梦想会实现。那天,当他放学走出来,看见莱西像平常一样,在校门口等待他时,简直不能相信这会是真的——他还以为一切都是梦境。

乔凝视着狗,宽阔稚气的脸上写满惊讶。他的沉默似乎是种信号,说明莱西的行为并不值得称赞。莱西低下了头,慢慢摇着尾巴,请求男孩原谅自己并不知情的过错。

乔·卡拉克拉夫伸出手抚摸着她的脖颈。

"没关系,莱西。"他慢慢说道,"没事的。"

乔将目光从莱西身上移开,大脑开始飞速运转,思绪飘远,陷入沉思中。他记起前两次,将莱西带回家,然而不管乔抱多大希望,不论如何恳求,她还是被带走了。

因此,这次他没有兴高采烈地跑回家。相反,他呆呆地站在那,一只手轻抚着莱西的脖颈,双眉紧蹙,尝试着解决这件人生大事。

海恩斯疯狂地砸着屋门,没等人回应就破门而入。

"快说,狗呢?"他呵斥道。

卡拉克拉夫夫妇惊愕地盯着他,然后面面相觑。女人眼神忧郁,似乎丝毫没有理会海恩斯。

"原来他是因为这才不回家?"她问道。

"对。"男人回应道。

"他们在一起呢——乔和莱西。莱西又逃了出来,乔也不敢回来了。儿子知道,我们会将莱西送回的。所以他带狗离家出走了,这样我们也无法送回莱西了。"

女人深陷在椅子中,声音波动起来。

"噢,上帝啊!难道家里从此不得安宁啦?永无安宁之日了吗?"

男人缓慢起身,向门口走去,从衣架上拿下帽子走回到妻子身边。

"不必为他们担心,亲爱的。"他安慰道,"乔不会走远的，一定躲在沼泽地那里的。他不会走丢——他和莱西非常熟悉那一带。"

海恩斯无视小屋内人们的绝望心情。"快点儿。"他不耐烦了，"我的狗在哪儿？"

山姆·卡拉克拉夫慢慢转向这个矮个子。

"我这不就要出去找了吗？"他温和平静地说道。

"那我就和你一起去。"海恩斯说，"免得你们玩花样。"

一股强烈的怒火立刻在山姆·卡拉克拉夫胸中燃起，他大步向海恩斯走去，海恩斯立即缩回了身子。

"你别自找麻烦。"他尖叫着，"你最好别自找麻烦！"

卡拉克拉夫目不转睛地俯视着眼前好似又矮了一截的男人，似乎在嘲笑这个无论是外形还是气势都逊于自己的小个子。他向门口走去，然后回过身来。

"你回去吧，海恩斯先生。"他说，"我一旦找到狗，就将她给你送回去。"

山姆·卡拉克拉夫走了出去，消失在黑夜里。他没有去村里，而是顺着小巷向山上进发，直到一片平坦宽阔的台地。这片绵延几英里越过北部区域的大地，荒凉阴冷，给人一种不祥之感。

他稳步向前行走。很快，天黑了。他似乎是凭直觉轻松地行走在小路上，这条路是人们经过数百年，在荒野上来往踩出来的。在这片没有地标作为指引的荒野上，陌生人也许会立即迷失方向，但村里的人们绝对不会。

他们这一生——从孩提时代开始——就对这一带了然于胸。他们熟知每一寸荒野，小路上的每一处弯道。这里于他们而言，如同城市居民了解街角路标一样，确定无疑。

乔的爸爸坚定不移地大步行走，因为他知道儿子在哪里。

荒原之上的五英里处，一座孤岛拔地而起，上面岩石裸露。一块块巨石棱角分明，仿佛远古时代巨人之子用积木堆积，在未完成时又将其遗弃的一座座宝塔。村民会在此徘徊数小时，以消除内心的烦恼。荒凉险峻的巨石宝塔，还有其中的通道与洞穴，形成了广阔寂静的空间。在这里，人们不会受到任何打扰，冥想生活真谛、排除世间烦恼。

山姆·卡拉克拉夫大步走来，在黑夜中，步履稳健。夜雨开始扫落在沼地上，细细的，如薄雾一般，绵绵不断，但是他并没有因此放慢步伐。终于，夜色中，半边石堆的轮廓隐约可见。走在石头之上，回音引来警戒狗的一阵咆哮，那是它发出的警告。

依靠孩提时代的记忆，山姆沿着一条小径向上爬，向叫声发出的方向前进。在那，一块岩石的避风处，乔和莱西在一起避着雨。他站立片刻，只听得见自己的呼吸。然后，男人说道："过来，乔。"

只有这些。

男孩顺从地起身，在安静中，万分痛苦地跟随着爸爸。他们带着莱西沿着杂草丛生、相互缠绕的小径往回走，这条路他们了然于胸。当父子走近村庄的时候，爸爸再次说道：

"立刻回家，然后等着我，乔。我将莱西送回狗场。到家后，我想和你谈谈。"

爸爸要说什么，乔心如明镜。他明白，自己的出走搅乱了一家人的生活。当他走进家门，看到妈妈的一举一动时，才完全认识到他犯的错带给父母多深的伤害。乔脱下湿透了的外衣，把鞋拿到炉边烘烤，妈妈都不说话。她将食物摆在儿子眼前，还有一碗热气腾腾的茶。但仍旧一言不发。

终于，他的爸爸回家了。爸爸站在屋子里，严肃的脸上沾满雨水,闪闪发亮,灯光又将他的鼻子、颧骨和下巴刻画出了棱角分明的线条。

"乔。"男人开口说道,"你知道带着莱西离家出走是犯错误吗?知道这伤害到了爸爸妈妈吗?"

乔坚定地看着爸爸。他抬起头,清晰地说道:"是,爸爸。"

爸爸点了一下头,深深叹出一口气。然后将手置于腰部,解开了粗大的皮带。

乔安静地看着爸爸。妈妈突然说话了,这让他吃了一惊。

"你不会的。"她大声喊道,"不,你不会的。"

她站起身,面向爸爸。乔从来没有见过妈妈这样。她就这样,面对面地和爸爸站着。妈妈迅速转过来。

"乔,快到楼上去睡觉,快去吧。"

乔乖乖地走开了,他看见妈妈又转了回去,对爸爸一字一句地说道:

"首先有些事情得说清楚。"她说,"我现在就要说,总得有人说出口,是时候了。"

父母均陷入了沉默。当乔经过妈妈身旁,准备上楼时,妈妈搭着他的肩膀,冲他笑一下,又迅速搂过儿子的头贴一贴脸,然后带着温情推了下儿子,让他上楼。

乔向楼上走去,心里有团疑云:为什么有时大人在你最需要时,会那么理解人呢?

次日早饭期间,爸爸也在,没有人再提起过这件事。

乔记得前一晚,他上去并躺下很久以后,父母还在交谈。有一次他醒来,还能听见他们在下面说话。在这间建筑牢固的小屋里,他听不见父母的谈话内容——只能听见谈话的声音:妈妈的声音急促而固执,爸爸的声音却是低沉的、浑厚的、有耐心的。

当爸爸吃过早饭,出了门后,妈妈开口说道:

"乔,我答应过爸爸要和你谈谈。"

乔目光低垂地盯着桌子,等候发落。

"现在你知道自己错了吗,孩子?"

"是,妈妈。对不起。"

"我知道你知错了,但在犯错之后才道歉是没用的,乔。你绝不能再让爸爸担心了,这一点很重要。不只是这次,以后也绝对不能。"

她丰满的身体坐在桌旁,慈爱地凝视乔的脸。之后,她的目光越过乔。

"你知道,儿子,现在不比往日了,我们必须牢记这一点。你爸爸,噢,他这些日子已经够心烦的了。你现在是大男孩了,已经12岁了——应该像大孩子那样,成熟懂事。

"如今,家里确实艰难。养一只狗,用心喂她需要花费我们很多。莱西胃口很棒,可是我们现在养不起她了,情况就是这样。现在你懂了吗?"

乔慢慢点了点头,在某种程度上,他对妈妈的话似懂非懂。"要是大人能够以我的视角看待这件事就好了。"他想脱口而出。但是妈妈只是拍拍他的手臂,圆胖的手如此干净而有光泽。这双手做过面包,织过长袜,缝纫时动作灵活,仿佛针在指尖轻快地跳舞。

"好孩子!"

她的脸上绽放出明亮的笑容。

"或许有一天,等一切好转了——就像从前那样——那个时候,我们要做的第一件事,就是再养只狗,好不好?"

不知为何,乔感觉就像燕麦片堵住了喉咙。

"可是我不愿养别的狗。"他哭着说,"永远都不要。我不要别的狗。"

他还要说:"我只要我的莱西。"

然而他清楚,这只会让妈妈伤心。于是他把话咽了回去,拿着帽子,跑了出去,和其他孩子一样,沿着小巷上学去了。

第七章 一无所有,但留诚信

一切正如妈妈所说那样,大不如从前了。随着时间的流逝,乔的这种感觉愈发强烈。首先,莱西不再到学校接他了。好像公爵手下的饲养员当真发明出了某种绝招,牢牢地关押着莱西,使她永远不能逃脱。

每一天,当乔放学走出校门时,心底的希望立刻奔涌而上,他会望向莱西通常席地而坐、静静等待的地方。但是莱西已不在那里了。

在学校上课的数小时里,乔都会竭力将心思放在课堂上,可是总会不自主地想念莱西。他极力击退这些念头,决定不再期望她会出现在校门口。然而,每当一天的课程结束,他走过校园时,目光总会瞥向校门旁边,尽管已暗下决心不再期待看到莱西,她也的确不再出现。所以,一切已不似从前。

但不仅仅是莱西,乔感觉许多事情都与从前不一样了。他发觉父母总会因为一些事情责怪他,以前他们是不会因为诸如此类的事发火的。例如，有时在席间，妈妈总会看着他向茶里舀糖，紧闭嘴唇，而有时会说：

"你不用放太多糖，乔。那样……那样……对你身体不好，糖吃多了不利于健康。"

这段时日，妈妈的脾气似乎变得暴躁了。这是又一件不同于从前的事。

一次周末，她出发去购物时，行为举止很异常。只是因为乔提议要吃烤牛肉。

"我们周日吃烤肉吧，妈妈——还有约克郡布丁，好吗？好久没有吃了，哎呀，现在说得我快馋死了。"

从前，父母都会为他的好胃口而骄傲。他们拿此开玩笑，笑话他的食量可与大象相较——还会让他吃得更多。但是这一次，妈妈既没有笑也没有回答。她站立片刻，猛地将手中的线织购物袋一丢，一言不发地上楼，回到卧室里。爸爸凝视着楼梯，不说一句，片刻后，突然站起来，拿着帽子走了出去，"砰"的一声关上门。

还有更多事情不似从前了。现在，当乔进来时，会经常看见父母怒视着彼此。他们在乔进屋时便不再说话，但是他从父母的脸色和举动能够看出来，刚才有争吵过。

一天深夜，乔醒过来，还能听见他们在下面的厨房里谈话。声音充满疑惑与愤怒，而不像从前那般愉悦。乔坐了起来，听见爸爸说道：

"我告诉你，方圆 20 英里内我全跑遍了，腿都要断了，还是一份工作也没有……"

然后爸爸的声音压了下去，乔听见妈妈说话的语气突然变得低沉、温和，充满安慰。

很多事情都和从前不同了。事实上，太多的不如意让乔感到，一切都不如从前了。对于他来说，一切全都归咎于一件事：莱西离开了。

当莱西还在这里的时候，家里温暖舒适，精致美丽又气氛融洽。如今她走了，一切都变了味道。所以答案非常简单：如果莱西能回来，一切都会恢复原来的样子。

乔对此考虑了很多。妈妈曾让他忘掉莱西，但他做不到。他可以假装忘了她，不再提起她。可是在他心中，莱西永远占据着重要位置，不曾离去。

乔让莱西一直活在自己的内心。他坐在学校的课桌旁，幻想能再见到她。他幻想着，或许有一天——将来某一天——梦想会成真：他走出学校，莱西就坐在校门口，等着他。他好像真的看见了她，阳光下，黑白相间的鬃毛闪烁着光芒，眼神明亮，尖耳向前竖起，对着他，以捕捉任何有关主人走近的声响（狗的耳朵要比眼睛更灵敏）。她尾巴摇摆着，以示欢迎，嘴高兴地咧开，"大笑"起来。

然后，他们就会一起跑回去——回家——回到家里，穿过村庄，一起兴高采烈地跑着。

乔幻想着。如果他不可以提起他的爱犬，那么他可以在心里一直想着她，幻想着将来某一天……

黄昏降临在这座北英格兰的村庄时，乔才回来。他看见父母都抬起头看着自己。

"你怎么回来这么晚？"妈妈问道。

她的声音严厉又短促。乔感觉他们刚刚又谈过话了——近些日子他们一直这样，对另一半很不耐烦。

"放学后我被留下了。"他回答道。

"你犯什么错误了，老师能把你留下？"

"老师告诉我坐下，我没有听见。"

妈妈两手叉腰。

"你站起来做什么?"

"我在向窗外看。"

"向窗外看?你看什么呢?"

乔默不作声。他该怎么向父母解释呢?最好还是什么都不说吧。

"你听到妈妈说话了吗?"

爸爸生气地站起来。乔连忙点头。

"那你倒是说啊,到底向窗外看什么呢?"

"我情不自禁。"

"这并不算回答,你情不自禁又怎么解释呢?"

乔感到绝望快将他吞噬掉了——平时那么善解人意的爸爸,如今也向他发火了。他感觉千言万语即刻奔涌而出。

"我真的情不自禁。当时将近四点了,她接我的时间快到了。而且我听见狗叫的声音,很像她,我以为她来了,真的以为她来了。我不由自主地,真没想当时自己在干什么。妈妈,真的。我起身向外看是不是莱西,没听见蒂姆斯先生(Mr. Timms)叫我坐下。我以为莱西来了——可她不在那。"

妈妈提高了音量,语气充满了不耐烦。

"莱西,莱西,又是莱西!我总也摆脱不掉这个名字,家里就不能安宁点儿吗……?"

甚至妈妈都不理解他!

乔只感觉到,如果妈妈能理解他就好了!

此刻乔再也忍受不住了,感觉一股热流涌上了喉咙。他转身冲了出去,跑过院内的小径,冲向茫茫夜色中。他不停地奔跑,冲上了沼地。

一切简直糟糕透顶了!

沼地之上漆黑一片。这时乔听见了脚步声,还有爸爸的呼喊。

"你在哪儿,乔?孩子?"

"这里,爸爸!"

似乎爸爸听上去不再生气。乔隐约看到一个高大健硕的身影越来越近,突然心感安慰。

"一直在走吗,乔?"

"是,爸爸。"乔答道。

乔清楚让爸爸"打开话匣"(用他的话来讲)并非易事。想让爸爸开口说话会花费好长时间。

他感觉到爸爸的大手搭在自己的肩上,父子二人就这样,一起沿着平地向前走。他们很久都没有说话,好像只要在一起就满足了。后来,爸爸开始说道:

"散步真是一件最惬意的事了,是不是,乔?"

"是,爸爸。"

爸爸点了点头,似乎对自己所说的话与乔的回答感到很满意。他悠闲自得地走着,乔努力跨着大步走,以跟得上爸爸坚实有力的步子。父子二人静静地向上攀爬,踩在石头上发出咯咯声响,随后走到一块岩石面前。最终,坐在了一块厚重的石板上。半月的轮廓从浮云中显现,他们可以看到眼前无限延伸的荒野。

乔注视着爸爸将短黏土烟斗含在嘴里,心不在焉地拍着一个又一个口袋,随后猛然想起自己在做什么。于是他停住了手,开始吸着空烟斗。

"没有烟草了吗,爸爸?"乔问道。

"怎么会,孩子。只是……哎……现在时代不同了——我戒烟了。"

乔眉头紧蹙。

"因为家里穷,所以才买不起烟草的是吗,爸爸?"

"不是的,孩子,我们不穷。"爸爸斩钉截铁地说道,"只不过……日子不似从前那般好过,还有……不管怎样,之前我抽得太凶了,戒掉一段时间对健康有利。"

乔坐在那儿,陷入了沉思。微暗的月光下,坐在爸爸旁边,他知道这是爸爸在为他减轻心理压力,保护着他免受大人所承担的痛苦。忽然间,乔对爸爸产生了由衷的感激——高大健壮的爸爸跟随他到沼地,只为宽慰他受伤的心。

他伸出手抚摸着爸爸。

"您是不是已经不生我的气啦,爸爸?"

"当然,乔,爸爸是不会生自己孩子的气的——永远不会的。他只是想让孩子明白事情的真理。

"这就是我想对你说的。你不能觉得爸妈对你太苛刻了,我们也不是有意的。只是……呃……总之,做人一定要诚实,乔。永远别忘记这句话,一生中,无论发生什么,都要坚守住这份诚实。"

乔一动不动地坐着。此刻爸爸像是自言自语,而非与人谈话,他纹丝不动地坐着,对着茫茫夜空大声说道:

"有的时候,当一个人所剩无几时,会比从前更加坚定地恪守诚信的原则——因为这是他仅存的财富。即使再贫穷,也不能将其丢弃。可有趣的是,诚实仅有一种,别无其他。诚实就只是诚实,你懂了吗?"

尽管乔对爸爸的话语并没有完全明白,但他却懂得这一定对爸爸很重要,因为可以让他说出这么多话。通常情况下,爸爸只会说"是"或者"不是",然而现在却感受良多。不论怎样，乔能够感觉到，爸爸试图向他表明此事的重要性。

"是这样的，乔。我在惠灵顿矿井工作了17年。17年间，不论繁荣与衰落，兴旺与萧条，我一直工作到它彻底倒闭。所有同事都可以为我担保，我是名合格的矿工。在这17年里，监工换了一拨又一拨，和我一起劳作。但是，我的孩子，数年来没有人会说山姆·卡拉克拉夫拿过一丁点儿不是自己的物品、说过一句谎话。记住，乔，约克郡的西部区域内，没有人能站出并控诉：卡拉克拉夫这个人并不诚实厚道。

"以上就是我对你说的要永远坚守的东西。诚实只有一种，别无二选。现在你是大孩子了，应该能明白，卖出一件东西，也收到了钱，而且花了出去，那么一切都结束了。莱西卖给了他人，就属于他人了，就是这样……"

"但是爸爸，她……"

"行了，行了，乔。你无法改变这个事实了。不论你说多少话，都不能改变她被卖掉的这件事，而且我们收了公爵的钱还花了出去，莱西就属于他了。"

山姆·卡拉克拉夫安静片刻，又继续说，仿佛自言自语道："这么做对她而言是最好的选择，别无他选。饲养她越来越困难，像她那样大的狗，食量都能与发育良好的小孩不相上下。"

"可是我们之前一直在养她啊。"

"是，乔，但是我们得接受现实。以前，我是有工作的。可是如今，我也必须面对现实——我靠救济金而活。依靠救济金根本养不起一只狗——连一个家庭都不能养活。所以，最好还是卖了她。

"为什么不用这个角度看待这件事呢，孩子？你不愿意看着莱西因为吃不饱饭，而变得消瘦憔悴的可怜样子吧，也不愿意让她看着像周围人家的狗一样,瘦骨嶙峋的吧,对不对?"

"我们不会饿着她的,爸爸。我们可以处理好的,我也不需要吃太多……"

"算了,乔,不能这么看待问题。"

父子都不再说话,片刻后,爸爸开口道:"从这个角度出发,孩子。你是不是极其喜爱那只狗?"

"您知道的,爸爸。"

"好,既然如此,你应该感到高兴,因为她现在所处的环境很优越。你想,乔,如今莱西有好多好吃的——还有私人定制的狗场——住在又大又漂亮的笼子里——而且集万千宠爱于一身。噢,孩子,她就好似公主一样,住在专属宫殿与花园里。就是这样,她现在如公主一般。对她来说这不好吗?"

"但是爸爸,她会更快乐,如果……"

男人颇感失望,恼怒地叹了一口气:

"唉,乔!就没有能取悦你的事!那好,我就不绕圈子,开门见山了。你还是彻底忘掉莱西吧,因为你再也看不到她了。"

"可是她会逃出来……"

"不,孩子,不!上次逃跑是她最后一次。她再也不会逃跑了——永远都不会了!"

乔按捺不住了,急切地问道:"他们对她做什么了?"

"呃,上一次我将她带回,公爵冲着我、海恩斯,还有所有下人发了火。可是我也发火了,我什么都不欠他的,不管他是不是公爵。我对他说要是莱西再逃跑,他就休想再见到她。公爵也回话说,如果莱西又一次跑掉了,我可以随时欢迎她,但是他保证莱西再也不会跑掉了。因为他已经将莱西带往他位于苏格兰(Scotland)的住处,并准备让她在狗展中亮相。海恩斯也一起回去了,顺便带着六只左右可能会参赛的狗。狗展过后,莱西会回到苏格兰,永远不会再回约克郡了。

"因此她就会永远留在苏格兰了,和她告辞并祝她安好吧!她再也不会回来了。我原本不想将这件事告诉你,但你知道也好。就是这样了,面对现实吧。

"生活中,既然对有些事无能为力,就得忍耐,儿子。忍耐吧,像男子汉一样,从今以后我们谁也不许提这件事——尤其在妈妈的面前。"

乔步伐紊乱地顺着小径,从岩石峭壁上走下去,穿过荒野。爸爸只是独自走着,叼着空空的烟斗,不再劝他。直到快接近村庄,可以看见灯光闪烁时,男人才开口:

"乔,在进去之前。"他顿了顿,"我希望你会考虑一下妈妈的感受。你已经长大了,应该像大人一样照顾她、体贴她。"

"乔,女人不像我们男人。她们要待在家里,尽力管好这个家。而她们不能得到的——唉,只能整日期盼。

"当事情不太顺心时,她们就会喋喋不休,还会向男人发脾气。但是如果男人很通晓事理,就会忍耐,并体贴女人。因为他明白,女人发牢骚或是责怪都不代表任何含义,就让她说好了。所以,当妈妈对我苛责的时候,或斥责你的时候,一定不要在意。这些日子她要处理好多事情,而且这也在考验着她的耐心。

"所以,乔,你和我都要有耐心。等到——将来某一天——一切都会好转,日子也会好过。懂吗,孩子?"

爸爸将手伸出来，迅速抱了一下儿子的手臂，做出鼓励的姿态。

"是，爸爸。"乔答道。

乔站立片刻，看着村内的灯火。

"爸爸，苏格兰离这儿远吗？"

男人默然地站在那里，头低垂到胸前，忧伤地深深叹着气。

"很远很远，乔。我可以说你从未走过如此远的路。它在千里之外。"

父子黯然神伤地走着，默默地一起向村庄走去。

第八章　囚于高原

一切就如山姆·卡拉克拉夫对儿子所说的那样，从约克郡的格里诺尔到路德林公爵位于苏格兰高原的住处，果然千里迢迢，远得没人愿意走。

前往苏格兰的方向几乎一路向北——首先穿越约克郡的沼地和平原，然后向东蜿蜒，经过野地，穿过富饶兴旺的农业地区。如果你在火车上，透过窗户很快就会看到，右侧的北海，波光粼粼地闪耀在高高的悬崖之下；左侧，古老城市的建筑露出尖尖的顶端；再向前，尘垢覆盖着达拉谟（Durham）① 那片工业区，巨大的造船台沿着河口整齐排列，火车络绎不绝地将煤炭运往海港码头。

随着火车继续前行，夜幕早早降临了，因为此处位于地球高纬度上，太阳晚升早落。然而火车不停地向前，在夜色

---

① 达拉谟：英格兰一郡及其首府名。——译者注

中呼啸着驶过桥梁，跨国江河，最终横穿特威德河（Tweed River），将英格兰甩到身后。

火车彻夜行驶，轰响着经过苏格兰那片工业城镇的低地。这里的熔炉火光冲天，锻铁炉喷涌着火花，光亮比白昼还要耀眼。整夜，火车横跨了无数雄伟的大桥，横穿了一条条宽阔的河口，苏格兰人将其称作"峡湾"。

清晨，火车依旧呼啸向前，只是景色发生了变化。两侧不再是吞云吐雾的城区，而是几个世纪以来，诗人歌颂赞扬的苏格兰迷人的大地。这里绿水青山环绕，丘陵绵延起伏，羊群在牧羊人的看管下成群而行。

火车继续向北，土地越来越荒凉，山也愈发崎岖险峻，海湾紧密地围绕着林地。周围越来越荒芜——辽阔的大地上，偶尔只能看见几株石南，还有悠闲漫步的小鹿。再向北，就到达了北部区域的最高点。

在那儿，最远处的那一片领地，就是路德林公爵广阔的地盘，冰冷高大的石质房屋俯瞰大海，面对着设得兰群岛（Shetland Island）[①]——这片土地遍布岩石，气候恶劣，生活艰苦。大自然仿佛调整了大多数生物的生活方式，以便它们能"幸存"于此；这个地方的马和狗身材矮小，却异常强壮，只有这样，他们才得以存活在如此恶劣的气候与严酷的环境中。

而那里，遥远的北方大地，就是莱西的新居所。她在这个地方得到了悉心的喂养与照料。所吃食物也是最上乘的。每天都有人为她梳洗打扮、修剪毛发，并教她优美的站姿，以便在即将到来的大型狗展中，为路德林公爵与他的养狗场

---

① 设得兰群岛：位于苏格兰东部的群岛。——译者注

赢得更多声誉。

她耐心地任由海恩斯摆布,好像清楚反抗也是没有用的。然而每天下午将近四点钟时,心中某种东西会苏醒过来,生命中所受的训练会呼唤她。每当这时,她就会撕扯着围栏的铁丝网,或者冲撞着栅栏,试图跳出去。

她什么都记得。

高地上的空气清新,凉爽怡人。路德林公爵沿着小路骑马过来。旁边是普莉希拉,她骑着一匹活泼的矮脚马。这匹矮脚马昂着脖子,快活地急速奔跑着。

"双手拉住。"公爵大喊道,"就是这么做,现在轻收缰绳。漂亮!"

普莉希拉轻轻笑了出来,因为爷爷自以为对所有动物都可指点一二,每次骑马都是不停地指导劝诫。然而实际上,他对小孙女骑马的技术十分引以为豪,而普莉希拉也对此心知肚明。

"这就是造物主赐予你手和脚的原因。"公爵吼着,"腿是为了推动马向前,手是为了拉住马。骑马就是手脚配合,双管齐下!"

老公爵端正姿势坐在马上,边骑边示范着,然而他那强壮的灰驽马的步态举止并无变化,依然从容淡定地缓行。事实上,如果依照老公爵的个性,他就会无视自己的年纪,而从群马中选择出最朝气蓬勃的一匹;然而整个家族已团结一心,只容许他骑现在这匹安全却缺少生机的驽马。普莉希拉对此也是了解的,因此,她点了点头,好像这匹动作缓慢的驽马举止发生了变化,优雅自信地小跑起来。

"噢,现在我懂您的意思啦,爷爷。"她说道。

老公爵万分得意地挺着胸膛,事实上,他的确非常高兴。

在他的晚年生活里，他认为没有什么可以比和小孙女在一起更快乐了。在北国的这些时日里，他也想不出能比和小孙女在庄园内骑马散步更惬意的事了。

"看看天气！多棒！多完美！"

他骄傲地高声感叹，俨然一副主人翁的姿态，好像是他自己——路德林公爵，让空气中遍布自然的香气，让温暖的阳光洒向大地。

"我们整个夏天都在这儿。"他高兴地宣布道，"到了秋天，我们再回约克郡。那时候我们在一起会有更多欢乐的时光。"

"但是秋天我就要上学去了。我要去远方的瑞士了，爷爷！"

"瑞士！"

公爵大吼着，声音如雷贯耳，吓得普莉希拉的矮脚马机敏地向旁边跳出了五六步。

"可是我得上学去呀，爷爷。"

"胡说。"公爵大吼道，"把女孩送出国上学干什么——教她们说外语就像猴子似的叽叽喳喳，什么也听不清楚。我从来不理解怎么会有种东西叫外语——或者就算有外语，有点理智的人怎么愿意说那样含糊不清的玩意儿呢？看我，英语对我而言就足够了，够好了。我一生都没说过一句外语，不也过得不错吗？"

"但是您不愿让我长大后还很无知吧，爷爷？"

"无知？你已经受到很好的教育了。现在这些胡言乱语可不算什么教育——教女孩叽喳乱叫——说一些只有外国人才听得懂的愚蠢鸟语。现代的疯言疯语，我就这么称呼它！"

"在我上学的时候，受到的才是优秀的教育。"

"怎么个优秀法,爷爷?"

"教你如何经营家庭,这足够了。在我上学的时候,都教女孩应尽的本分——管好家。可如今的女孩,一脑子荒诞的想法。呸——这一代年轻人!越来越鲁莽,没礼貌。总是冲撞长辈,不知尊敬年长者,就是这样。你反驳我——哼,我坚决不容许。我容不得任何无礼!你刚刚在无礼地反驳我,是不是?"

"是,爷爷。"

"是?是?你敢当面对我说'是'?"

"我必须这么回答,爷爷。您刚刚告诉过我不要冲撞您。如果我说'不是',那就是在冲撞您,不是吗?"

"哼!"老公爵不服气,又"哼!"了一声。

然后,他胜利般地捋一捋长长的白色胡须,就像赢得了一场战役。他低头看着小孙女:身着运动衫,骑手帽之下,淡黄色的秀发如瀑布般垂到双肩。老公爵咳了一下,清了清鼻喉,又得意扬扬地摸摸胡须,笑着点了点头。

"你是个鲁莽的小丫头。"他说,"但是你前途无量。你知道,你就像当年我在你这个年纪时一样。你像我,我就是这样。你随爷爷——整个家族只有你像我!所以,将来你一定会成才的。"

两匹驽马走在鹅卵石上发出咔嗒声回到了马厩中。马夫跑过来牵住马,公爵高傲地喊道:

"别拉它的头,伙计。"他向马夫吼道,"我讨厌在我下马时有人拉着马头。不用别人帮忙,我自己完全可以下来。"

当公爵站在那里小题大做地喋喋不休时,普莉希拉松开小驽马的肚带,将它牵到了马厩。

"对了。"他用最和蔼可亲的音调喊道,"女孩不懂得如何养马、怎样备鞍,就不应该骑马。如果你自己不了解怎么做,就不可能告诉别人如何做好。"

就这样,伴随着好心情,老公爵和孙女沿着马厩向大房屋走去。当他们走到一栋低矮的石头建筑前,普莉希拉停住了。因为建筑旁边就是狗笼。每一间笼子里,都有狗在疯狂地吼叫、向上跳跃——除了一间。在那间笼子里,有一只美丽的三色牧羊犬。她既不叫也不跳,而是伫立着,头向南方,凝望着浩瀚的天际。

这就是普莉希拉之前见过的那条狗。

"怎么了?有什么事?"老公爵不耐烦地问道。

"那只柯利牧羊犬。为什么要用链子把她锁住,爷爷?"

公爵一惊,全神贯注地注视着狗。有一秒钟,他纹丝不动,紧接着,如同体内的炸弹爆开一样,他提高音量大吼着,整片马厩乃至狗场都发出轰鸣的回音:

"海恩斯!海恩斯!这家伙躲在哪儿?在哪儿呢?"

"来啦,先生,这就来啦。"饲养员海恩斯一边回答,一边从别处小跑过来。

"来了,先生。噢,先生。"

公爵转过身去。

"别在我背后偷偷摸摸的。"公爵怒吼道,"为什么用链子锁住狗?"

"噢,我是被逼无奈的,先生。"海恩斯语无伦次,吐字不清地说道,"她对铁丝网好一通撕扯抓挠,已经撕破了。我已修补多次,但每天下午都被毁于一旦。您叮嘱过我不让她逃走而且……"

"我从没说过用铁链子!我的狗都不能用铁链子束缚,懂吗?"

"明白,先生。"

"那就不要忘了。没有狗——被铁链锁住过!"

老公爵恼怒地转过身,差一点踩到普莉希拉的脚上。她用力拉着爷爷的袖子,他低头看着她。

"爷爷,她看起来并不好。她没有运动过。为什么不能带着她和我们一起散步呢?她那么美!"

公爵摇了摇头。

"不行,我的小宝贝。那样她就脱离良好状态了。"

"良好状态?"

"对。我要带她参加展览,她可是冠军的材料。如果我们带着她到处乱跑的话,她就会——噢,毛发会胡乱翘起,绑腿也会损毁。所以不能带着她,明白吗?"

"但是她也应该运动运动,不是吗?"

祖孙二人凝视着铁笼中的莱西。莱西却不予理睬,像皇后般高冷地站在那里,仿佛他们远在脚下,低得让她无法看见。

公爵摸着下巴。

"是,我想她也能稍微活动一下,海恩斯!"

"是,先生。"

"这只狗需要遛一遛。你得保证每天都要带她好好遛一遛。"

"她会想方设法逃跑的,先生。"

"给她系上皮带啊,白痴!你亲自带她散步,要保证每日的活动量。我要这只狗一直处在最佳状态中。"

"是的,先生。"

公爵和普莉希拉转身回到房子里。海恩斯注视着他们走远,直到看不见为止。他野蛮地戴上帽子,用嘴唇蹭了蹭手背，然后转向莱西。

"夫人，你需要运动运动吗？"他说，"好，我来带你运动。你要是不听话，我可不管你！"

但是莱西对他的声音置之不理。她拉直铁链，静静地站着，目光依旧投向前方——投向远处的南方。

第九章 终获自由

一切都归因于莱西强烈的时间感——存在于动物体内的神奇感觉,可以准确地判断一天里的那个时间段。

若是在一天里的其他时间段,莱西可能会颇具训练素质地听从海恩斯的指令,回到他身旁。然而这次,她没有。

事情发生在莱西最初为数不多的散步中的一次,她温顺地走在海恩斯脚边,脖颈处套着皮带。她既不向前拉,也不向后拖,以免皮带绷紧,让她更难受。她如同一只经过良好训练的狗,紧随在海恩斯的左踝边,头部几乎要碰上他的膝盖。

一切都在意料之中井然有序地进行。只是海恩斯怨恨犹在,为了让莱西始终保持最佳状态,他不得不亲自陪同。他想回去啜饮一口茶——他也想展示给莱西看"谁是头儿"。

因此,在毫无必要的情况下,他也会突然拉紧皮带。

"快跟上,快点儿行不行?"他厉声喝道。

莱西突然感觉脖子被狠狠地拽了一下,她犹豫片刻,稍感困惑。长久的训练,使她明白,自己始终准确无误地按需行事。然而,显而易见,这个人希望她做别的什么事,而她却无法确定到底是什么。

在犹豫的那一秒,她放慢了步伐。见此情景,海恩斯几乎是万分窃喜。他转过身猛拉了一下皮带。

"快点,我让你快点。"他喊道。

听见这威胁的语调,莱西后退了几步。海恩斯再次猛拉皮带。像任何一只狗遇此情景都采取行动那样,莱西也如此反应:她四肢站稳,低下头,以防再次猛拽。

海恩斯更加用力地拖拽着。皮带从莱西的头部滑过,脱落了下来。

她自由了!

皮带掉落的瞬间,海恩斯本能地采取行动——却没有像一名饲养员一样,依据养狗的常识行事。他跳起来,想抓住莱西。这可是绝对性的错误。出于本能,莱西跳开,躲开了他。

海恩斯的行动只会引发一个后果,就是明确地向莱西表明她要躲开自己。如果他用平常的方式对她讲话,或许她会走过来。实际上,假如他命莱西向自己靠近,也许她会听从人类训练习惯的支配,跟随他回到狗笼里。

身为一名饲养员,海恩斯当然清楚这一点——自己犯了很严重的错误,倘若自己再具有威胁性质地动一下,就会将狗吓得逃出更远。因此,他开始做最开始就应该做的事。

"过来,莱西,到我这儿来。"他说道。

莱西踌躇地站在那里,一种直觉让她听从命令。然而,海恩斯猛拉皮带,还有向她跳过来的场景仍在她的脑海里翻腾。

海恩斯看出了她的心思。于是，他将音调提高，用自认为甜美迷人的语调诱惑着：

"乖莱西，好狗狗。"他反复赞美，"好狗狗，待在那里。不要动哦，待在那儿。"

他半跪着，指间打响，以吸引莱西的注意力。他几乎一寸一寸地移动着，逐步向她靠近。

"现在站着别动。"他命令道。

此时此刻，似乎山姆·卡拉克拉夫对莱西长期的训练发挥了作用。虽然莱西讨厌海恩斯，但她受过的训练让她完全听从人类的命令。

可是与此同时，另一种积压在心底的冲动也不停地翻滚着——虽然很微弱。这就是时间概念。

朦朦胧胧，这种感觉开始在她的身体里醒来。她不清楚，不会推论，更不会像人类一样清晰地思考那是什么。它开始在体内慢慢发酵，微弱地搅动着她的心。

到时间了——到时间去——应该去……

看着海恩斯渐渐地靠近，莱西微微抬起了头。

到时间了——到时间去——应该去……

海恩斯缓缓移动着，越来越近。转眼间，就到了近得可以抓住莱西的距离——将手伸进她浓密厚重的鬃毛里，抓住不放，直到他将拴她的皮带滑过其头部，重新套上。

莱西看着他。心中的躁动越发清晰。

是时候了——到了该去……

海恩斯聚精会神地摆弄着。似乎感觉到了皮带滑过头部，莱西动了一下，又迅速地后退两步，与半跪在地的那个人拉开了距离。她想得到自由。

"真见鬼!"海恩斯大发雷霆。

似乎意识到了自己的错误,他又开始哄骗道:

"乖莱西,站着不要动。站在那儿,不要动。"

可是这一次,莱西没有听他在讲什么。她只分散小部分精力注视着慢慢靠近的那个人,其余精力全倾在心中越发清晰的冲动上。她需要的是时间。她隐隐感觉到,倘若再被这个人抓到,就会再一次堕入失望的深渊。

她又后退几步。就在这时,海恩斯跳起来扑向了她。莱西躲到一旁。

海恩斯气愤地站直了身体,向她走来,口中说着安慰的话。莱西也在后退。她与海恩斯之间始终保持着相同的距离——动物熟稔于胸的距离——这个间距可以避开敌人的突袭。

直觉告诉她:"躲他远一点儿,不要让他抓到。因为还有一些事要做——别的事情。到时间了——到时间去——去……"

就在这一刻,莱西忽然明白了。当钟表指向差五分四点的时候,她就确定无疑地明白了。

到了该去接男孩的时间了!

她转过身去,小跑着——仿佛要跑的距离只有短短几百码。没有人告诉她,约会的地点远在数百英里外,需要很多天才会到达。虽然只是那简单朴素的责任感支撑着她,但她也会竭尽全力去完成。

然而此刻,他听见海恩斯在后面跑着叫着。于是她大步奔跑起来,而不再一路小跑。她并不害怕,好像十分确定这个只有两只脚的动物永远不会追得上,因此无需加快速度。背到后面的耳朵告诉自己海恩斯距她有多近。与其他大多数动物一样,狗的视野所及范围要比人类广阔,因而只需微微转头,就能够看到身后的全部。

莱西似乎并不担心身后的海恩斯。她只是沉稳地大步奔跑着,顺着小径,越过草坪。

瞬间,一线希望从海恩斯心中闪过。他认为,或许莱西会掉头跑回狗笼。

然而那个狗笼,那个关她锁她的地方,并不是莱西真正的家,而是令人憎恨之地。眼见柯利牧羊犬转而跑到碎石小路上并向大门进发,海恩斯的希望落空了。

可是他的心再次掠过一丝侥幸。那扇大门总处于关着的状态,庄园内"家"的四周,都是林立的高墙,用布满褶皱花纹的花岗岩堆砌而成。或许他还能在大门那儿将莱西围堵。

普莉希拉和爷爷骑着马,从渔村那里回来了,在庄园的大铁门处,他们停了下来。

"我去开门,爷爷。"女孩说道。

她从马鞍上轻松滑下,老公爵一脸不满地嘀咕着。她清楚自己可以轻松自如地上下马,比爷爷容易得多。虽然他在抗议,可毕竟是位老人,即使爬到最温顺的马上也是件难事,还会伴随他的怒吼、抱怨以及不断地喘息。

女孩将缰绳绕住臂弯,拉开门闩,使出全身力气推着铁门,慢慢地松开铰链。

就在那一刻,她听见了嘈杂的噪音。抬起头,看到海恩斯正向自己跑来。他的前面是那只美丽的柯利牧羊犬。海恩斯大声呼喊道:

"关上门,普莉希拉小姐!快关上,柯利牧羊犬要逃跑,别放她出去!关上门!"

普莉希拉四下张望,她的面前就是大门。她所需要做的,就是关上大门,莱西就会因此在大门内束手就擒。

她抬起头看着爷爷,而爷爷对眼前乱作一团的场景毫无察觉。他耳聋,听不见海恩斯的高呼呐喊。

普莉希拉开始关大门,有那么一瞬间全身发力。她断断续续地听见爷爷充满疑惑地咆哮着。然而一个画面突然浮现在脑海中,她忘了关门。

画面中,一个身材略高于她的乡下小男孩,站在狗笼的铁丝网旁,对他的爱犬说:"永远待在这里,离开我们——永远不要再回家。"她知道,男孩脱口而出的那一刻,内心早已泪如雨下,每一句话都言不由衷。

因此她站在那里,脑海中反复回放着那个画面,耳边回荡着男孩的话语,清晰而真切。却还是没有去关门。

爷爷仍在怒吼,他知道出了一些事,却听不懂究竟是什么。海恩斯仍在尖声喊叫:

"快关上门,普莉希拉小姐,快关上!"

普莉希拉站在那里,迟疑片刻,随后迅速将大门彻底推开。一个模糊的身影从她的膝盖旁一闪即过。普莉希拉顺着小路望去,莱西步态沉稳地向前奔跑,似乎知道要走非常非常遥远的路。她举起了手,挥一挥。

"再见,莱西。"她柔声说道,"再见,还有,好运!"

坐在马上的公爵,并没有看奔跑在路上的莱西,而是盯着他的小孙女。

"噢,讨厌。"他喘着粗气,"真讨厌!"

第十章 漫漫旅途

黄昏将至,莱西顺着满是灰尘的小路奔跑着。渐渐地,她的脚步慢了下来,步履中夹杂了些犹豫。她停住,又顺着来时的方向返回。抬起头,她陷入了深深的困惑中。

此刻,时间感的驱策正在逐渐减弱。狗不像人类,它们对地图和距离的认识几乎为零。一般到这个时候,莱西应该会见到男孩了,然后他们就应该向家走去——回家去吃饭。

到了吃饭的时间了。多年的生活习惯使莱西熟知这一点。倘若返回狗笼,就会有一大盘肉质鲜美的牛肉与其他佳肴摆在面前。然而,回去也就成为牢笼中的囚徒了。

莱西举棋不定地站在那里。就在这时,又有一种感觉慢慢醒来,就是归乡的感觉——动物的最强本能之一。这个家并不是她已经逃离的狗笼,而是一间小茅屋。屋内,她躺在炉火前的毛毯上,无比温暖,家人温柔地说着话,手掌轻轻地爱抚着她。她要去的是那里,可是她迷路了。

回到真正的家，这种渴望在她身体中苏醒过来，她再次抬起头闻着微风，似乎在识别方向。随后她毫不犹豫地顺着小路向南方进发。不要问任何人她是怎么晓得的。或许，几千万年前，人类的大脑还没有被开发时，也同样拥有归乡的感觉；但即使从前真的拥有这种能力，现在也退化掉了。虽然人脑已经很发达了，但还是不能解释，为何小鸟或其他的动物被装进大木箱、在一片漆黑之中被带到千里之外、再释放后，可以径直飞向自己的家。人类只是知道，动物能做到人无法完成也不能解释的事情。

莱西心中不再迟疑。此刻她的感觉得到了很大满足，内心十分平静。她在回家的旅途上，她很高兴。

没有人告诉她，她也无法知晓自己正在尝试做的是几乎不可能的事——有数百英里的野地要穿过——这段旅途会让徒步而行的人退避三舍。

人类会在路上购买食物，但是一只狗怎么会有钱买东西吃呢？除了对自己主人的爱，她身无分文。人类能够读懂路标——然而狗只能盲目地、单凭直觉地行走。人类也知道横渡贯穿东西、几乎横跨全国的海湾，可这些海湾也阻断了向南行进的动物们的路。一只狗怎么会知道自己很值钱，不论是在村庄还是城镇，都有成群结队拥有敏锐目光的人想为此而抓到她呢？

一只狗不晓得的事情着实非常多，然而她可以通过自身的经历来学习。

就这样，莱西兴高采烈地出发了，漫漫长途就此开始。

最后一缕阳光抛向北国漫长的黄昏，两个男人正坐在一间茅屋的外面。像村内其他茅屋一样，它坐落在狭窄陈旧的街道旁。屋墙由于年复一年地粉刷变得异常厚重。

相对年长的那个人,身着粗布衣裳,小心翼翼地点着烟斗,烟雾生成后,他抬起头,望着夜空中升起的轻烟。突然,他感到相对年轻的那个人迅猛地紧握住了自己的手臂。

"威利(Wullie),看那边!"

年长的人顺着他手指的方向眺望,静看了一段时间,才在夜色中看清楚,是一只正向他们跑来的狗。

年轻的人身着灯芯绒的套装,打着绑腿。他站了起来。"看着像一只还不错的狗。"他说道。

"嗯,苏格兰犬(Geordie)——是一只美丽的柯利牧羊犬。"

他们的目光追随着这只越跑越近的狗。年轻的人忽然激动起来。

"唉,威利,她看着就像地主家的那只漂亮的柯利牧羊犬。对,就是她!我发誓。两天之前,我去麦奎恩(McWheen)那谈论有关鲑鱼时令的事时,看见过她。毫无疑问,她是逃出来的……"

"啊,那样就会……"

"没错,抓住她的人会得到奖赏……"

"是啊,肯定啊!"

"你好!"

年轻的人话音未落,就猛地冲到街道上,拦住她的去路。

"过来,宝贝儿。"他呼唤着,"过来啊,小甜心!"他的手拍着膝盖,摆出一副友好亲切的姿态。

莱西抬起头看着他。听见眼前这个人似乎在呼唤她的名字:小甜心。如果这个人向自己慢慢走来,她或许会让他用手抚摸几下。可是他的动作很快,莱西忽然之间想到了海恩斯。没有改变步法,她轻轻一转身,从他身旁跑过。男人猛扑向她。她收紧肌肉,然后像足球明星一样,突然急冲,扰乱了男人的步调。大步慢跑了几步,她又恢复了从容淡定的小跑。但是男人沿着乡村的街道紧追不舍。莱西再次加快步伐,瞬间飞速疾驰。男人越是追,莱西的内心越是坚定不移,绝不能让人类触碰到自己。追逐一只狗就等同于教它如何逃跑。

这位苏格兰人眼见追不到了,便停下来捡起了一块松散的石头,心想,如果可以把石头投掷在莱西前面,其落地声也许会阻止狗继续前行,让她折回并跑向自己。他收起手臂,随后猛掷石头。

投掷的技术实在太差了。石头险些落到莱西的肩上。就在石头要落地时,莱西突然转变姿势,用另外一只前脚带路,像一匹受过优秀训练的、参加马球竞赛的矮种马一样,风驰电掣地奔跑起来。她转向一条沟渠,腹部几乎要碰到地面,仍然以惊人之速飞驰着。边缘处的树篱上有个缝隙,她从中穿过,如子弹般从路上飞至荒凉的边远地区。

她再次面向南方,回到了以沉稳的步态一路小跑的状态。

可是现在,她学会了一件事:务必远离人类。她想不通是什么原因,会让人类如此对付她。他们的声音变得粗鲁又怒气冲天,总是大声叫喊,还向她扔东西。人类的身上充满着威胁。因而,她必须远离他们。这种想法牢牢地刻在她的心里。莱西在逃走的第一天,就上了第一堂课。

第一个夜晚,莱西稳步行进。在她生命中的五年里,从未独自在外过夜过。因此她无从凭靠训练,只能依靠直觉。

然而,她内心深处的直觉是敏锐而警惕的。她顺着小路稳步走在布满欧石楠的大地上。小路使她充满暖暖的满足感,因为它通往南方。她确信无疑、充满自信地顺着这条路向前跑去。

最终，她到达一片高地，在下面的凹地处，隐约可见村舍的轮廓。突然，她停在那里，耳朵向前竖起，鼻子抽动着。她异常敏锐的嗅觉如同人类可以读懂一本书一样，嗅出了凹地之下人类居住的气息。

她嗅出了站在畜棚里马匹的味道，还有羊、别的狗、食物与人类的气息。她谨慎地顺着斜坡向下走去。食物的香气多么令人愉悦，而且她已经好久没有进食了。然而，她清楚自己必须十分小心，因为人类也在那里。心中的信念已经根深蒂固，那就是必须远离人类。她顺着小路小跑起来。

突然间，另一只狗具有挑战性的吼叫传来。她可以听见这只狗正向自己跑来。她站住，等待着。或许他是友好的。

可是她错了。这只狗鬃毛竖起，双耳扁平，一路猛冲。莱西蹲伏相迎。狗跳起的瞬间，她躲到一旁。他转过身，歇斯底里般地大声吠叫，语调中透露着："这里是我的家——你是侵入者。这可是我的家，我要保卫家园。"

随后，低处的田地里传来一个低沉的男性声音。"发生什么事了，塔米（Tammie）？咬它，去咬啊！"

听见人的声音，莱西转身离开，一路小跑着。这里不是"她"的家，她在这里无家可归。

莱西大步奔跑着，这只毛发粗糙的牧羊犬冲了上来，撕扯着她身体的两侧。莱西迅速转身，龇着牙。似乎这种威胁达到了效果，这只狗退却了。

莱西继续稳步小跑，迅速将农舍甩在身后。她遵循动物出没的小径，穿越在荒郊野外的大地上。最终，水的气味飘来，她找到了一条冰冷的小溪，贪婪地大口啜饮着。东边的天空泛着灰色。她四下张望。

在一块岩石边,她轻轻地用前爪抓着地面,围着它转了三圈,然后蜷缩着身体趴了下来。身后有悬垂的岩石保护,她头部向外。这样,即使已经熟睡,鼻子与耳朵也能警告她任何正在逼近的危险。

她将头置于前爪上,响亮地舒出一口气。

次日清晨,莱西再次上路。她沉稳地向前小跑,跑过了数英里。身上紧实的肌肉以不变的节奏摇摆着。上山、下山,她一刻不停,毫不犹豫。只要小路通向南方,她就会顺着向前走。如果路转了弯,她就会离开,穿过浓密的石楠与灌木丛,顺着动物出没的小径继续向南跑。

倘若小路通往一座城镇或一个农家,她就转而避开,绕过人类居住区。因此只要人类居住的那些地方,她都会本能地、警惕地躲在掩蔽物之下,利用林地,如幽灵般在灌木丛的遮蔽下快速穿行。

大多数时间,她一直在向上攀爬,前方就是绵延不断的一座座青山。她精准无误地走向最低处,那里会有通道。伴随着夜幕降临,她越爬越高,天空开始变得阴沉灰暗,乌云重重地压了下来。

突然间,电闪雷鸣。莱西犹豫了一下,发出了急促的抱怨般的声音。她被吓到了。不要因为狗感到害怕而责怪它。狗是很勇敢的,一点点的害怕不会将此优点掩盖。而且事实上,几乎没有一条柯利牧羊犬可以在电闪雷鸣的环境下丝毫不惧的。

有很多狗对此噪音并不以为然。没有什么比听见枪声更令猎狗兴奋的了。然而柯利牧羊犬并非如此。似乎这种长久以来与人为伴的狗,明白这种尖锐而残酷的声音就是伤害。一听见枪响,大多数柯利牧羊犬会慌乱地跑到遮蔽处躲避。

他们能够直面其他任何敌人，却唯独惧怕未知的噪音引发的危险。

因此莱西犹豫了。巨雷的轰鸣声回响在群山中，倾盆大雨鞭打着大地，北苏格兰一场异常猛烈的暴风雨拉开了序幕。她与心中的恐惧斗争良久，最终还是无法忍受，跑到了一处乱石丛生的地方，悬垂的岩石凸起部分形成了干燥的洞穴。她在那儿蜷缩着，后背紧靠岩石。滚滚雷声依然轰鸣回响。

然而即便她在旅途中停下了脚步，也不会停留太久。当暴风雨逐渐平息，雷声逐渐远去时，莱西站了起来。她站立片刻，抬头闻着微风，然后再次启程，一路小跑着开始漫漫旅途。

雨水与溅起的泥土将她美丽宽广的毛发弄得满是污点，失去了光泽。然而，她依旧稳步向前，朝南方进发。

第十一章　为生存而战

最初的四天,莱西毫无停歇地赶着路,只在夜晚才略微休息。向南进发的强烈欲望像一团火在她的体内熊熊燃烧,任何事物都无法替代。

第五天起,她开始受到一个新的需求的折磨,就是饥饿。最初,向南进发的欲望还会使她忘记饥饿,然而现在,这种需求变得迫切且显著。

于她而言,找到小溪解渴是小菜一碟,但是寻找食物这个问题,远不在这只受尽保护的家养犬的考虑范围内。从她开始记事起,找食物就不是她的责任。一旦到了规定时间,就有备好的食物主动呈上来。主人将食物置于大浅盘内,严格告诫她只许吃自己盘里的食物,置于别处的食物禁止触碰。年复一年,这种训诫已然牢记在心。寻找食物并非她的义务,主人会备好的。

可如今,忽然之间,长久训练形成的条件反射变得毫无用处。每天下午都没有人会端来一盘食物。这只高贵的动物必须学会生存。

莱西想到了办法，但并不是像人类那样依据推论得出的。人类会凭想象——在解决问题之前，他们可以勾画出会发生哪些事，以及周围会是什么环境。但是狗不能做到这些；他们必须盲目地等待，等待事情的发生，然后再尽其所能地解决。

可是，莱西是如何处理这个新的问题呢？她并没有人类的大脑，无法推测。也不能按照人类的方式，依据过往的经验采取行动。一个年幼的孩子无需经历许多危险去发现后果如何，因为父母与别的长辈都会依据获取的经验告知，某些情况下会引发什么后果。可是动物并不会把已有的经验传授给下一代，每个动物都必须亲身体验每一个崭新的经历，好像这个经历在世上史无前例一样。莱西又是怎么学会觅食的呢？

她拥有动物具有的特性，或许人类曾经拥有、但现在不再具备的东西：本能。

依靠本能与他们曾亲身经历过的教训，动物们可以得出人类依靠推论的本领才会得到的结论。

是本能鞭策着莱西每一天沿着同一方向前进。是过往的经验告知她当心人类。同样是本能告诫她怎样躲避人们的视线——顺着谷底走，平地上要压低身体快速溜走。本能还告诉她怎样找到食物。

第五天，当她正以一贯的速度小跑着前进时，感官提醒着她发生了什么事。她停在一条由动物的足迹踏出的、石南丛生的小路上，向前伸着头，纹丝不动地伫立着，眼、耳、鼻共同捕捉着微弱的信号，这种信号如此微弱，而人类是无法感知的。

首先是她的嗅觉辨认出了谜团。那是一阵热腾腾的、浓烈的味道——食物的气味。

多年养成的习惯驱使莱西不假思索地向它跑去,但是本能战胜了习惯。她蜷伏着,压低身体,开始迎着风、向气味散发的地方匍匐前进。她安静地穿过石南地带,缓缓移动,越靠越近。突然,她看到了鼻子嗅到的食物。有个东西正顺着小径,像蛇一般蠕动着,是黄鼠狼。他高昂着头,身边拖拽着一只刚被猎杀的兔子。这个战利品比猎手本身大很多,但是这个强大的猎手正拖着野兔,以惊人之速行走着。与此同时,他的感官也在提醒自己出现了状况,于是他带有挑战性质地转过身来,扔下战利品,面向威胁者。露出尖利的白牙,他发出了尖叫声,似乎在向对方挑衅、发怒。

莱西低下头,看着他。她之前从来没见过这种动物。在她的骨子里,没有别的犬类具备的那个本能:见到任何啮齿动物便以迅雷不及掩耳之势冲过去。她是一只家养的牧羊犬,个性温顺——但是本能仍促使她向前走去。

她颈部的鬃毛缓慢立起,咧开嘴露出牙齿,双耳在头上平贴着,后腿肌肉绷紧,准备跳跃。

但是,就在莱西起跳的那一秒,黄鼠狼似乎知道此刻会发生什么,尖叫着躲闪到一旁。他像闪电般迅速迂回着穿过石南丛生的地带,悄无声息敏捷地像水一般溜走了。莱西转身寻找,但是其他东西吸引住了她——那只躺在路上的热腾腾还有新鲜血液味道的野兔。

莱西注视了野兔良久,才渐渐靠近,谨慎地低着头,好像随时准备跳开。虽然猎物的血味浓烈,但是黄鼠狼的味道仍盘旋于此。她谨小慎微地将鼻子凑近,直至碰到刚被杀掉的猎物，又立即缩了回去，围着它转了几圈。然后再次上前，低下头叼住猎物，抬起了头，等待着。

在这片荒无人烟的大地上，她似乎在期待主人突然的命令："不，莱西！放下！放下它！"

然而周围寂静无比。

她迟疑不决地站立着，约半分钟后，一切平息下来。她叼起兔子跑开，一边跑一边东张西望。一会儿便找到一块理想之地——错综复杂的荆豆缠结在一起，形成一个窝巢。她走了进去，紧紧蜷缩着身体，这样就会三面庇护。将野兔置于面前，她又嗅了嗅，味道很好，可以吃。

自那以后，她获取了一种全新的感觉：学会了辨认野兔的味道。本能还告诉她其他的事情。她一路向前，每当敏锐的嗅觉提醒她猎物在接近时，她便成了一名捕猎手，追踪、奔跑、捕获，然后吃掉。这就是显而易见的自然法则。她不像人类通常那样肆意杀害，而是为了生存，仅此而已。

这些食物仅够维持生存，但这足够了。如今，没有热切的目光注视着莱西、留心她的体重、观察她牙龈的色泽、关注她皮毛的质感。没有人说：

"她掉了两三磅肉——晚餐多给她加一点牛肝！"

"她的状态看起来不太好——最好早晨加碗牛奶给她喝。如果她喝的话，可以再放一个生鸡蛋！"

"嗯——我不太中意她牙龈的色泽。我认为最好每天给她喂一勺鱼肝油。这就会让她恢复状态！"

她不再是那只得到悉心照料、夜夜躺在干燥舒适的狗笼里的高贵的狗了。相反，现在她的身体两侧消瘦不堪；毛发沾满污垢，还有伤痕；腹部及尾巴附着毛刺。但是她仍然是一只曾在爱的呵护下生活的狗，所以她并无疾病缠身。多年的悉心照料如今开始生效。虽然外表粗糙、不修边幅，但是肌肉依然强壮，驱策着她不停地奔跑，日复一日，将数英里路段渐渐甩在身后。

她的内心始终勇敢坚毅，直觉也一如既往地真实准确。因而莱西日复一日地、在高地上稳步向南行进着。穿过欧洲蕨丛与石南地带，翻越丘陵与平原，渡过小溪与林地——她始终沉稳地前进，始终向南走着。

第十二章　画家所见

时间流转,正值盛夏。莱斯利·弗里斯(Leslie Freeth)慵懒地躺在小船的船首,颇为满足地吐出烟斗里的烟雾,注视着它们在清晨薄凉的空气中缓缓飘散,漂荡着回到马克贝恩(McBane)条理分明地划桨之处。

"如果我坐到船尾会更好,马克贝恩先生。"他说道。

"不,她这样会更平稳,我告诉过你,弗里斯先生。她可是一艘很独特的船。"划桨者说道。

弗里斯慢条斯理地吸着烟,完全融化在这片美不胜收的湖光春色中。和这些顽固不化的苏格兰人无理可说。但是倘若马克贝恩要他坐在船首的话……

弗里斯怀着赞叹之情凝视着苏格兰如画的风景,兴奋不已。这一片湖——英国渔民的狩猎乐园——于莱斯利·弗里斯而言,意义不同寻常。这一片地区风光旖旎,长久以来被苏格兰人视之若宝,也同样吸引了英国的画家们。莱斯利·

弗里斯就是其中之一。他们从来不会对宽阔的水域和紫色的群山间光与影接连不断的变幻感到厌倦。每年夏日，他都会来到这里，一边绘画，一边与马克贝恩再续淳朴的友谊。而马克贝恩也执意盛邀他到自己的茅屋中，将精致的石头谷仓腾出，作为他的工作间。

此时，弗里斯对周围的景色颇感满意，他躺在船头，直到船触到了小岛上的鹅卵石。他轻车熟路地帮马克贝恩卸掉了随身用具、画架、油画布与金属质的颜料盒。他立起画架，支起折叠椅，头歪向一边，凝视着这幅未完成的作品。

"那么，中午我会来接你。"马克贝恩说道。

"好的，马克贝恩先生。我在这幅画上需要花费几小时。你认为画出的效果会是怎样的？"

迈着沉重的脚步，马克贝恩走到一个较为有利的地点，闭上一只眼，左右两边歪着头，审度着这幅画。漫漫冬季，在湖边一处客栈里，若有必要，马克贝恩会与他人争论数小时，来表明他的好友弗里斯是英国最杰出的风景画家的其中一位，在他之前所有的荷兰与法国流派的画家都会自叹不如——如果他们现在还活着的话。然而在弗里斯面前，马克贝恩从来不会将这种满怀偏见的观点表达出来，哪怕一瞬间。

"嗯，既然你问到了我，我就直言不讳了，这幅画有点花哨了，水流也画得太急了些，还有我从来没见过这种颜色的天空——云朵的色彩很奇怪。但是别的地方都很好，我对此毫无疑问。"

莱斯利·弗里斯笑了。他对马克贝恩的批判习以为常。而且，他确实注重这些批评，因为这个个性顽固的苏格兰人拥有敏锐的眼光，对自己秀美的家园又有着完美合理的鉴赏。因此，弗里斯点了点头，双眼从画布移向四周的风景，又从风景移向画布，如此反复着。他思考着，自始至终，除了波浪轻拍停在岸边的划艇底部的声响外，周围怎么会如此宁静。没有一丝声响——除了……

他用手遮阳，双眼望去。"看那，马克贝恩先生——是一头鹿吗？"

苏格兰人顺着弗里斯伸长手臂指的方向望去，双眼沿着北部大陆的海岸线搜寻。浓重的、沙色的眉毛低垂，似乎可以遮挡住下面灰蓝色的眼睛。

"是一头鹿吗？"画家重述了一遍问题。

马克贝恩一言不发地摇了摇头。他的双眼较为习惯室外的光线，要比这个英国人目光敏锐得多。

"呃，我认为不是。"他坚定地说道。

"那它是什么？"

"是一只狗。"苏格兰老人说道。

他用手遮住眼睛，画家也照做。

"确实是一只狗，现在我看清了。"

得到了答案，弗里斯满意地转回到作画之中，但是马克贝恩仍然聚精会神地注视着远方。他全神贯注的神情再次吸引了画家同样专注地凝视起来。

"是一只柯利牧羊犬。"马克贝恩说，"她在那里要做什么……？"

"噢，或许是这附近的——一只农家狗。"

苏格兰人摇了摇头，仍然目不转睛地盯着她。只见这只小动物走到岸边，涉了涉水，前进几英尺后，又返回岸上，顺着湖边跑了几步，又再次涉水。如此反复，好像她会发现水在新的涉水地点消退，干爽的地面就在她脚下。

"唉，弗里斯先生。她看着像在寻找渡河的地点。"

"也许她想跟随我们到小岛上。"

"不,她在找地点渡河。"

此刻,他们听见一阵抱怨似的哀鸣——一连串声调越来越高的短促哀鸣,似乎为了消除心中的疑惑,如同一只狗发现自己遭遇难以理解的阻碍时,所发出的叫声。

"看吧,她想要过河。"苏格兰人重复道,"我想我得将她带到对岸,然后……"

他一边说着,一边走向湖滨,抬起船头。船桨重重地撞到桨架上,砰砰作响,声音回荡在水平如镜的湖面上。这时,莱斯利·弗里斯发现,这只狗抬起头,立刻跑掉了。

"她跑了,马克贝恩先生。"他喊道。

苏格兰人把头抬起,站直了身体。两个人注视着柯利牧羊犬转身钻进了矮树丛,能看见有狗一闪而过,沿着湖滨稳步向西小跑着的身影。她十分自信地行进,仿佛内心早已下定决心。

"她走错路了。"马克贝恩说,"可怜的东西——她还有很长的路要走。"

"你的意思是,她会沿着岸边走?为什么,那可有多少英里的路啊……"

"需要走约100英里才能绕过去。"

画家双目圆瞪地看着老人,掠过一丝怀疑。

"你是说这只狗要走将近100英里,只是为了绕过一座湖。为什么……"

弗里斯说着便大笑起来,然而马克贝恩的声音打断了他的笑声。

"弗里斯先生,柯利牧羊犬的身体里流淌着苏格兰狗的血液。她的体内拥有这片大地赐予的胆识与坚持。"

马克贝恩话语间带有谴责的意味，弗里斯听出了言外之意。他思索着。

"马克贝恩先生。"

"怎么了？"

"你认为她渡河想要干什么？为什么一定要这样做？"

苏格兰人站立良久，说道："谁晓得？不过可以肯定一点。她在某处有事情要做，无需任何人帮助，她要独立完成。并且……"

马克贝恩转向他的小船，登了上去，继续说道："她是我们所有人应该学习的楷模。"

弗里斯默默地笑了。这个个性顽固的老人有种习惯，将实际生活的所有事情都转化为人类行为之严格教育。他的心思又回到作画上，只用余光看着渐渐远去、越来越小的小船，马克贝恩在湖面上划着桨，将弗里斯独自一人留在了岛上。

本能如同鸟的飞行，方向是一条条精准无比的直线。

因而，莱西在归乡之路上，几乎朝着格里诺尔的方向沿直线行走，直奔南方。有时，当前方有城镇或无路可通的山脉时，她便转弯或者绕行，但总会按照直觉中的路线返回，继续向南。她已然穿过了苏格兰那片高地，日复一日、永无止境地行进，继续这无比疲倦的旅途。心中那条向南的直线一如既往地清晰。

然而她却不可预知前方的道路。她不会知道，直觉中那条向家的直线，即将把她带到苏格兰宽阔湖区的末路上。

只要看看地图就会一目了然，湖水是一片何等巨大的障碍，那宽阔漫长的水域，几乎贯穿东西，将一个国家分割成两半。虽然在地图上它不过是一片狭窄的手指般大小的区域，但是事实并非如此。宽广辽阔的湖水，远不在动物可游渡的范围之内。即使是在相对狭窄的地方，对岸也是远到难以看清的，或者至多可见一条狭窄低洼、微呈蓝色的条纹。

湖水是一个可怕的障碍。人类可以乘坐划艇或渡船通过，可是动物不能。

尽管沿着宽阔水域的岸边不停地跋涉，但莱西也没有屈服于心中的意念。直觉告诉自己向南方前进，但倘若无法通过，她就会另辟蹊径。因此，她开始了漫长的绕湖之旅。时光荏苒，她一路向西，勇往直前，绕过了无数村落，却总会回到岸边，继续西进。

有的时候，似乎已经绕过阻碍，道路豁然开朗了，莱西就会迈着稍显犹豫的步伐，向心中的南方跑上一段时间。

然而，这只不过是从源头延伸至湖区的一块水中陆地。莱西总会奋力到达陆地上的最南端，涉入水中，头部向南，发出短促、探求的哀鸣。随后不得不再次转向北方，原路返回，再向西，寻求一条可以绕行的道路。

每当行至海湾及水中陆地，莱西都会深感失望，无一例外！在莱斯利·弗里斯与马克贝恩看见她一周以后，她仍在向西进发。宽广漫长的水域无限延伸，变成她难以理解的阻碍。

第十三章 疾病缠身

莱西小跑着穿越灌木丛,来到岸边。由于脚上的衬垫受了伤,剧烈疼痛导致她现在的步伐缓慢了很多,同时一根刺扎进了右前爪的衬垫间柔软的膜皮上,化了脓。头也不再抬高,她前进的步伐中,自信已不敌往日。

她似乎时常忘记自己为何永无止境地前进,然而这种情况并不会持续很久。如今,她恢复了稳健的步伐,加速前进着,以至于疼痛的手爪所承之重有所减轻。她充满希望地转过头去,因为现在她的左侧,终不再是难以通过的宽阔水面了。湖水在这里缩窄成一条河,然而这条河喧哗而湍急,从岩石床上如瀑布般层叠奔涌、猛冲直下。

莱西走到水边,又向西转过头去。可是在那,距她不远处,是一座城镇。

在一座桥上,有一群小男孩在钓鱼,空中充斥着叫喊声,一片喧哗。莱西依旧警惕着人类,她静静地盯着他们。

随后她的目光再次转向翻滚着白色巨浪的河水，奔腾咆哮的水声冲击着双耳，令她十分不快。但是她仅仅踌躇片刻，便义无反顾地纵身一跃，高高弹起并投入水中。

河水的涌流立刻卷走了她，如同从行驶的火车上抛下的、瞬间被风带走的一张纸。水流汹涌而下，将莱西带到了下游。凶猛的水势让她的身体不断翻滚下沉，然而她还是会竭力浮出水面，奋勇地向遥远的对岸游去。她伸长脖颈，高昂着头，四肢有规律地划着水，推动着身体前进。

她周而复始地被力大无穷的涌流掀倒，卷入湍急的漩涡中。然而每一次，非同寻常的方向感都如影随形，以致她浮起后，仍然能够游向对的方向。一名运动员在足球场上受到猛烈撞击后，可能会带着球跑向错误的方向，可是动物体内那种方向感是不会被轻易击败的。莱西始终奋力地游向南边的河岸。

然而，此刻的水流正将她冲向村庄。桥上的那群男孩看见了这只狗被涌流席卷的场景，大声喊叫，边喊边追赶着。有时年轻人的残酷会难以控制，他们从路基上捡起石头，猛然向她掷去。当她的身体被冲到桥下时，他们又跑到下游处，继续毫无意义地抛掷。

莱西仍在奋力挣扎。现在她终于要接近对岸了。在她的身下有个小瀑布。她的四肢全速前进，可是力量太过微弱。一股水流击向她，她感到自己被卷到了空中，又被残忍地抛在岩石上，刀刺一样的疼痛像火一般蔓延到她一侧的肋骨。河水将她冲向下游，不久便消失了。

桥上的男孩们眺望着远处的下游，发出了几近疯狂的、如胜利般的欢呼声，就像托斯卡纳（Tuscan）① 的军队凯旋

---

① 托斯卡纳：意大利中部大区。——译者注

的声音，随即是贺雷修斯（Horatius）① 跳进台伯河（Tiber)② 般沉默。孩子们静静地站着，注视着波涛汹涌的河水。似乎过去了好久，终于，他们再次欢呼起来。在那回水河汊处，莱西的头重新浮出了水面，依旧用四肢全力前进。现在的水流趋于平缓，她也可以掌控了。一路挣扎、游动、全力前进，她终于登上了对岸，双脚踏上了地面。她的毛发间浸满了水，似乎变成了沉重的负担，她步履蹒跚着，疲惫不堪的肌肉似乎再也不能支撑住身体了。

她开始全然拖动身体向前走着。然而此刻，她首次意识到了另一种危险。那群男孩正猛冲直下，直奔河堤，齐声高呼呐喊着。莱西便用尽最后一丝力气，竭力跑上岸边。她甚至都没有将身上的水甩掉，也没有因前爪上的旧伤与肋下如火一般刺痛的新伤而停下脚步。她的内心只保持一个信念。

终于，她渡过了这片大湖。在经历了数日令人疲倦的向西横贯跋涉后，她终于获得了自由——自由地向南行进。阻碍已经过去了。

她开始迈着笨拙的步子大步慢跑着。身后小孩们的叫喊声逐渐消失。

既然湖区这片巨大无比的障碍已经绕过，莱西心中向南方行进的渴望驱策着她，越发清晰而强烈。村落与孩子的欢呼声被迅速抛在身后。她由飞速疾驰转为碎步慢跑，以便用最少的力气跑过最多的路程。

她并没有将肋下与前爪的疼痛放在心上，而是将步态调整至能够减轻伤口痛楚的最佳程度。

---

① 贺雷修斯：古罗马传说中的一位英雄。——译者注
② 台伯河：位于意大利中部，流经罗马。——译者注

她迅速离开大路,转而走上穿越牧场和平原的小路。日落时分,她仍在行进,似乎在经历数日的向西前进后,可以再次沿着向南的直线长途跋涉了,不论走得多远,都无法满足内心强烈的南行之愿。黑夜降临了许久以后,她才进入到一处野外护墙边的荆豆丛中休憩。

她紧贴地面躺下。上面凉爽无比,使她免受阳光的曝晒,肋下一侧火燎般疼痛的伤口也感觉舒适得多了。她舔舐着前爪,试着将舌头伸进扎刺并化脓的肉垫间。可是在忙碌将近一小时后,芒刺依旧嵌在肉里。

她叹出一口气,像一个筋疲力尽的人,将头部枕在伸长的前腿上,闭上了眼睛。

还没到破晓时分,莱西就醒了。她打着呵欠,试图站起身来。前肢从地面上站起后,后肢却无论如何都不能动弹。她在那里静坐片刻,似乎对这个初来乍到、令人困惑的问题感到诧异。随后再次绷紧肩上的肌肉,全身发力,瞬间站直了身体。她向前迈出一步,同时那条完好的后腿向前跳跃着,可是另外一条后腿却始终动弹不得。

一整晚,她肋下一侧的痛楚越发剧烈。波涛汹涌的河流最后一次将她打落到岩石上时,她的一根肋骨摔断了,后腿上的肌肉与关节均严重挫伤。现在这些伤处的疼痛感愈发强烈,使她几乎无法移动。

莱西迈着异常蹒跚的步子,在荆豆丛之下转过身,又任凭身体重重地跌倒在地。她蜷缩着身体安静地躺在那,目光透过茂盛浓密的茎蔓望向田地,在那里,透出了破晓时分的第一缕微曦。她再不能向前跋涉,直觉告诉自己,必须留在那里。

人类在生病的时候,常常会将自己的伤处展现给别人,并加以炫耀，以便吸引他人的目光、博得他们的同情。与之相反，生活在自然状态下的动物就不会这么做。他们不会乞求同情，并认为任何一种虚弱的表现都是羞耻的。他们会缓缓爬到某个隐匿的角落，然后在那独自等候——或者恢复，或者灭亡。

同样，有鉴于此，莱西趴在荆豆丛下的洞穴处。向南行进的渴望时常侵入她的内心，但是动物在受伤之后保持隐匿的定律战胜了它。

数日以来，她一直蜷伏在荆豆丛中，目光炯炯但纹丝不动。外面的世界周而复始地运转，日夜更迭。鸟儿不停地鸣啭。有时，一些田地劳动者经由此地。有时，风会带来明显的、热腾腾的、相距甚近的野兔味道。有一次，一只在田地里摸索行进的黄鼠狼走到荆豆丛那，向她的窝巢直奔过来。他敏锐的目光捕捉到了这只蜷伏的、毛茸茸的动物，鼻子动一动，嗅了嗅。他纹丝不动地站立片刻，便转身继续安静地行进，似乎清楚这只病态的动物并没有追逐他的欲望。

时间流转，万物更迭，然而莱西仍旧不能走动。她发着烧，身体发烫。

六天里，她几乎一直纹丝不动地躺着。到了第七天的下午，太阳开始下沉时，她终于抬起了头，开始缓慢而虚弱地舔舐着前爪。大自然发挥了它巨大的作用，化脓的伤口处，芒刺已经掉落。莱西一点一点地舔舐着，将伤口进行一番清理。她环顾四周，慢慢地挣扎起身，受了伤的后腿悬在半空，不敢触地。她从藏身之处缓慢地费力跛行着，穿越田地，向山下散发水的气息之处走去。她发现了那条细小的溪流，低下头去，大口啜饮起来。这是她一周以来第一次喝到的水。

她贪婪地啜饮完毕，便躺在溪流边，高高地昂着头，挺起鼻子，发出尖锐而不满的叫声。接着，她站起身来，面向南方，又回过头望向荆豆丛，最终转过身去，步履蹒跚地向山上进发。

现在，莱西身体的僵硬程度已有所改善，她可以很自如地运用三条腿走路。回到荆豆丛那，她爬了进去，躺了下来，耐心地等候黑夜降临。

她又在那休憩两日，口渴的时候，会走到小溪那饮几口水。但是她没有吃一点食物，似乎也没有进食的想法。

在渡过那条波涛汹涌的河流的九天后，她从窝巢中走了出来，到小溪边喝水。现在她看起来似乎可以用全部四条腿行走，但是受伤的后腿无法承受重量——只能生硬地模仿着进行活动。

她舔舐着清澈的小溪，和从前一样，喝过水然后抬起头望向南方。心中某种信念在翻滚搅动，就是时间概念。

生病时被驱逐出心的时间概念，再次在心底深处微弱地醒来。

到时间了——到时间该去——该去……

莱西再一次认识到，到了该去学校门口赴约的时间了。然而那所学校——它在那边——在那个方向。那就是应该走的方向！

她再次转过头，目光顺着田地向护墙旁边的荆豆丛那望去。但仅仅注视片刻，她便跛行着渡过小溪，慢慢地向南走去。莱西又一次上路了。

步履稳健、高傲自信、即将参加狗展的柯利牧羊犬不见了，取而代之的，是一只风餐露宿、精疲力竭的狗，身体虚弱，痛苦不堪，长久以来饱受饥饿与病痛的折磨。她只能拖着腿痛苦着挪着脚步，而不再自信满满地一路小跑了。可是，这种状态不会持续太久。

日落后,莱西很快又停了下来,这一次是在一个舒适的、有围墙的地方。这是一处狩猎场所。富人们会在狩猎松鸡的季节躲在此处,向被驱赶至他们眼前的松鸡射击;然而莱西对此毫不知情。她只知道这里温暖,可以给予她保护。

莱西同样不知道,她从荆豆丛下的窝巢到这里仅仅只有三英里。在动物的心中,并不具备距离远近的概念。她知道的所有事情,就是现在感觉很满足。她正走在心中向往之处的路上,那个她一生情有独钟的地方。莱西愉快地呼出一口气。

她竖着耳朵,鼻尖动了动,野兔的味道清清楚楚地向她飘来。

有食物!终于她再次意识到了这一点,并且有了进食的欲望。饥饿感猛烈地向她袭来,使她垂涎欲滴。她从射猎的角落缓缓移动着。她就要吃到食物了,而且她很快就能够恢复体力、再次上路了。

她无声无息地缓缓向前移动。

倘若此时她虚弱无比、动作缓慢,而不能为自己猎食的话,就一定会死亡,因为很快她会因饥饿而越来越虚弱。但如果她力气足够大、速度也足够快来抓获猎物,那么不久,她就会越发强壮。

她匍匐爬行,如同幽灵般向猎物靠近。

第十四章　突遭袭击

两个男子蹲伏在一间粗陋的石头房子中，月光穿过墙上的间隙洒进小屋，微弱地照着两人。他们衣着相似，均穿着简朴的土布粗花呢，唯一不同的是相对年轻的人戴了顶鸭舌帽，另一个人则戴着苏格兰羊毛宽顶圆帽。四周一片寂静，只能听见他们呼吸的声音。过了一会儿，年轻些的那个人动了一下。

这时相对年长的人伸出了手，暗示他安静。

"嘘。"他说道。

他们都静止在那儿，好似凝固一般。

"你听见什么了，安德路（Andrew）？"年轻的人压低了声音问道。

"我觉得……"

他们安静地站起来，通过墙上矩形的缝隙注视着外面。他们眼前是向远方伸展的、月光普照的大地，在烟青色的朦胧薄雾的笼罩下,草地如同公园里的草丛一般秩序井然。

两个人注视良久,眼睛与双耳时刻保持着警觉。

"什么也没有,安德路,我没听见任何动静。"

年长的人点了点头,圆帽上的毛绒球来回摆动着。

"刚才我本以为自己听见了。"

年轻的人不再感到不安,他漫不经心地从口袋里拿出烟斗。身旁的伙伴用反对的眼光看着他。

"我不抽烟,约克(Jock)。噢,他们会清楚地闻到烟味。"

"对啊——肯定会。但是我真想抽,不过他们首先会闻到羊群的气息,对不对?"

约克看向低处的田地里硕大的围栏,点点头。月光下,围栏中成群聚集的绵羊静若止水地伫立着。他们相距非常近,紧紧相偎着,背部连成一片灰色的海洋。

"而且他们会先于我们听见任何声响。"约克转过头来继续道,"至少,我的唐尼(Tonnie)会听见。"

小屋内有两条狗,其中一只一听见自己的名字,立刻满怀期待地抬起头。另一只则舒一口气,警惕地观望着,想知道长久的监视是否终于结束了。

"不管怎样,我认为让两只狗待在这里不是个好办法,安德路。我们应该把狗安排在羊群那里。"

"不,不,约克。如果狗在外面,魔鬼们就绝对不会来。他们精明着呢,小伙子,出乎你的意料。"

"是啊,他们的确非常精明。"年轻的人附和道,"我们坐在这里监视,足足六个晚上,可是一点儿他们的迹象都没有。第七天夜里,我们就回家去睡觉了,还没来得及合上眼皮,他们就突然闯了进来,大肆屠杀掠食。一共损失了七只羔羊与两只母羊!听清楚了,七只羔羊!他们为什么不在我们准备好的时候过来呢?"

年长的人并未理会他最后的那个问题。

"你应该感到庆幸,约克。安息日①那天,阿奇·福赛思(Archie Forsythe)损失了16只,而且前天晚上,麦肯齐(McKenzie)也损失了13只。"

"啊,这些畜生。对于这些魔鬼而言,安息日与其他日子并无两样。这群撒旦(Satan)②造出的黑心的东西!如果我抓住其中一个的话……"

年轻的人并没有把余下的话说完。

"安德路,他们为什么这么做?"

"啊,小伙子,或许我们也无法理解,它是一个谜团。但是我猜狗像人类一样,约克,它们中的大多数还是诚实可信的。然而总会有一个例外,它贪婪、凶残、内心肮脏,白天会装作像加拉哈德(Galahad)③一样的高洁之士,一旦到了夜晚本性便暴露无遗——一个贪婪的恶魔。"

"是的,安德路,你知道,上天可鉴,我对狗充满爱意。你看看我养的小狗,没有什么是我不能为他做的,我尽力照

---

① 安息日:the Sabbath。Sabbath 一词源于阿卡德语,本意为"七",希伯来语意为"休息"、"停止工作"。犹太历每周的第七日(自星期五日落到星期六日落)。犹太人谨守安息日为圣日,不许工作。——译者注

② 撒旦:《圣经》中的堕天使(也称堕天使撒旦),他说反叛上帝耶和华的堕天使(Fallen Angels),曾经是上帝座前的六翼天使,后来他因憎恨人类而堕落成为魔鬼,被看作与上帝的力量相对的邪恶、黑暗之源。——译者注

③ 加拉哈德:亚瑟王传说中的圆桌骑士之一,在亚瑟王朝中的地位是独一无二的,因为只有他才能最终寻得圣杯的下落。——译者注

看他——也完全信任他。但是那些屠羊的恶魔——他们并不是狗。安德路,你知道有时候我会怎么想吗?"

"怎么想,约克?"

"唉,你会嘲笑我的。可是有时候,我觉得屠羊者不是狗,而是被处以绞刑的凶手之魂,他们掩饰成动物回到世间!"

年轻的人说话的音调如此怪异,以至于老少二人都感到毛骨悚然。但年长者立刻摆脱掉了这个想法。

"不,不,约克。他们只是狗——贪婪的步入歧途的狗。我们不应该对他们心生怜悯。"

"啊,我才不会有怜悯之心——假如我看见他们的话。倘若我瞄准了其中一个……

"嘘!"

年长的人发出了信号,两个人再次定在那里,一动不动。

"它在那儿!"

"哪里?"

"正从高地上下来呢,约克!举起枪,小伙子,快!"

年轻的人一把抓住了倚靠在墙上的步枪,两个人一起等待着。沉寂的时光在缓慢流淌。

"唉,你看走眼了,安德路。"年轻的人终于经受不住了,"什么都没有。当我们在这里的时候,他们是不会来的。那些恶魔,他们知道我们在等着。他们知道!"

"别作声,约克。安静点儿,行吗?"

年轻的人便默不作声了。然而时间拖沓、无比漫长,他终于无法忍受这样的单调乏味,再次开口说道:

"安德路。"

"什么事?"

"你知道，我刚刚在想，狗既是我们最棒的助手，又是我们最强大的敌人，你说这奇不奇怪。"

"的确这样，约克。因为他们足够聪明，所以才能帮助我们，可是当他们变坏，就会狡猾地对我们进行伤害。任何狗都会变坏的，约克，不要忘了。甚至是你现在视若珍宝的爱犬也会如此。一旦他们尝到了羊血，就会变成杀手。"

"我的唐尼不会这样的!"

"是，我认为我的维克（Vic）也不会的。但这是事实。他们之中一旦有一只杀过生，其他的狗也会群起响应，并且以后会继续杀生，这么做不是为了满足温饱，而是为了享受血腥的杀戮带来的乐趣。"

"可我的唐尼不会这样的!"

"这一点你无法预知，约克。在白天，一些狗会忠诚地跟在羊群后面，做一个完美的守护者。然而，当夜晚来临时，他们就会跑到很远的地方——有的时候像奔赴约会一样遇到其他同伙。然后如群狼一般，俯冲进羊群中，狂撕乱咬，大肆杀戮。等人赶到时，就逃之夭夭了。之后，他们便各自分开，偷偷潜回家中。次日，他们自己又会守卫在那堆羊群中，看似天真无辜的样子。"

"是，但是唐尼不会的。假如他真这么做……"

他们沉默片刻。约克又接着说道："没有人比我们还要爱狗，我们却要亲自将其毁灭，真是伤心。"

"是——但如果我们一整晚都滔滔不绝的话，基本上一个也杀不掉。他们听见声音就不会来了。"

两人再次陷入沉默，斑斑点点的月光洒向小屋外的园地，横向移动着。片刻后，年长的人终于又开口了，这一次他情绪激动，声音颤抖着。

"他们来了!"

年轻的人跳上射击位置,将步枪架在窗台上。他们屏息凝视,目光投向远处的左侧大地。

"对,就在那!"

约克将步枪沿线瞄准。这时,石头墙那边有一丝动静。随后,在步枪射击瞄准线的界线外,他望见一只狗。这只狗走路的气质并非神秘鬼祟、偷偷摸摸。它从墙那边过来,小跑着,完完全全地暴露在两人的视线中。

这正是莱西。她从荆豆丛的窝巢那离开已经有一周了,但仍旧一路跛行。清朗的月色下,她走过田地,从容稳健地向前进发,好像在顺着指南针所指的路线一路前进。

小石头房子里,年长的人舒了一口气,他一直在抑制呼吸。

"给她一子儿,约克。"他嘶哑地小声叫道。

年轻的人怀抱着枪,却没有射击。

"另外一些都在哪里呢?"

"有什么可好奇的?快给她一枪。"

"她是一只柯利牧羊犬——你看清楚它是什么了吗?"

"不是。它只是在一群野狗中走散了的一只,和她告别之前,快给她一枪吧,小伙子。就现在,别打偏了。"

约克转过头去。

"在战争中,我曾处理过这些事,安德路。我不会射偏方向的——就算现在我自己花钱买弹药,也不会射偏的。"

"那就快点开枪啊,约克!"

年轻的人再次举起枪把,屏住呼吸。他动作缓慢地调整着焦距,将视线对准——通过步枪照门的 V 字形间隙,看向前瞄准器稳固不动的顶点,在顶点的上端,他看见了一只一路小跑的柯利牧羊犬微小的身影。随着柯利牧羊犬的移动,枪也跟随着移动,但她总是停驻于前瞄准器的顶点上端。

约克松懈地触动扳机,仿佛感受到了射击后的回力。

"快呀,约克,开枪!"

约克抬起头,放下了步枪。

"我做不到,安德路。"

"开枪啊,伙计,快开枪!"

"不,不,安德路。她看起来并不像一只恶犬。看,她对任何事物都不在意。我们看看她是否会接近羊群,因为她看着根本就不在乎那群羊。你看。"

"她只是一只走散的家畜。我们有权向她开枪!"

"我们还是看看她是否会接近羊群吧。要是接近了……"

"哦,你这个笨瓜!开枪!"

年长者提高了音量,声音急切紧迫,喊声散播在黑夜中,飘到正在小跑的莱西耳中。她停下了脚步,回过头,随后感到一切事物都侵袭着大脑——人类的声音,人类的气息,小石头房子的窗内人类移动的身影。是人类——人类会抓捕她,她必须躲避。

她转过身,猛然跳起,迈着大步奔跑起来。

"在那儿呢!她看见我们了!快开枪!"

莱西突然间的猛冲使年轻的人开始相信,刚刚对这只狗的判断错了。因为莱西的行为很像一只恶犬。

他快速举起枪,托着把手,开了枪。

枪击的声响打破了宁静的黑夜,莱西猛地跃起。子弹呼啸着从她的左肩急速飞过,于是她迅速转向右方,风驰电掣地飞奔在田地间。紧接着又一颗子弹向她袭来,她立刻感觉体侧受到了强烈的打击,火烤般疼痛。

"哦不,我打到她了。"

"还没呢,你看她还在跑!"

小屋内,人的声音掺杂着两只狗的吼叫,喧哗吵闹,沸沸扬扬。

"把他们放出去!"

年长的人迅速蹿到门口,把门打开。人狗一起七慌八乱地冲了出去,顺着莱西留下的足迹紧紧追赶。

"去抓她!快去抓住她!"安德路大声喊道。

两只狗紧追不舍,边跑边叫。他们冲下山坡,飞速疾驰,腹部紧贴着地面,身体由于极速而几乎重影。身后紧跟着两个人,但是他们立刻就被甩下了。突然,狗猛地转弯,更加疯狂地吠叫着——因为他们寻到了踪迹——暖洋洋的新鲜血液的气息。

在他们前面,莱西奋力飞奔着。有两次,她突然停住,快速扫视大腿的外侧一眼,子弹擦破了她左腿上的肌肉。她可以听见身后的两只狗正在穷追不舍,但没有因此而加快步伐。莱西对狗没有丝毫畏惧,她想摆脱掉的是人类,而此时她感觉人类与她的距离还不算近。这一刻,她比之前任何时候都要惧怕人类。因为他们不仅会用铁链锁住她、用铁笼关押她,还会发出毛发悚然的轰鸣声,震耳欲聋,就好像一条看不见的长鞭伸了出来,重重地抽打着她,带给她的痛苦等同于现在撕心裂肺般的痛。

人类的确是一种邪恶的威胁。

莱西沉稳地向前跑着,似乎感觉很快就会将他们远远地甩掉。

但是事与愿违,后面那两只狗的精力十分旺盛。他们没有饥肠辘辘地跋山涉水,没有走过令人疲惫不堪的数百英里。

不久，两只狗便冲到莱西的视野范围内。他们叫得更狂了，尽管莱西拼尽全力地奔跑，但还是追了上来。其中一只冲向她的侧腹，用牙齿撕咬、用肩膀猛撞，想将其打倒在地。

也许莱西已经筋疲力尽、食不果腹了，但她的身上仍然具有一种特质：无懦弱可言。她如闪电一般迅速回转，无所畏惧地站在那里。她竖起身上的鬃毛，张开嘴，露出了尖牙。

她的这一举动使得正在追逐她的两只狗停住了脚步，因为虽然他们天生性情粗暴，但也都属于柯利牧羊犬，因此懂得这种警告表示的含义。

他们正在追逐捕获的家伙才不是像小白兔一样的胆小鬼。

似乎莱西已经将心中的忧虑驱赶走了，一丝不剩，她完全屈从于内心强大的推动力：必须继续向前走——向南，永远向南。

然而，那两只狗却把它看作是一种胆怯的象征，一齐冲向莱西。他们按照柯利牧羊犬的进攻方式，边追边猛烈地撕咬。柯利牧羊犬既不横冲直撞，也不有所保留。他们战斗的方式并不像哈巴狗，也不像小狗那样东躲西闪、忧心忡忡、摇摆不定。他们更偏爱跑过敌人的身边，猛地咬住，迟迟不放，最终耗尽敌人的力气。

同样，这也是莱西的作战方式，她本能地知道应该怎样迎战。然而，当她转身迎战其中一个敌人时，另一个就会从其他方向冲上来猛咬。莱西腹背受敌，只好不断转动着身躯，等待时机防御最近的那个敌人。她伫立着，高昂着头，月光下尽显敏捷之色。身后的一只狗猛冲过来，她躲闪开了，进而继续迎战。另一只也冲了上来，她再次转身——可是动作有一点慢了，猛地被撞了一下，险些摔倒。还没来得及站起身，之前那只狗又冲了上来。三只狗乱糟糟地打成一团。莱西拼命挣脱出来,新一轮的战斗又打响了——一只狗冲过来,在莱西转身迎战时,另一只也发起了猛烈的攻击。

双方的战斗持续了很久,当那两个人经过长久的奔跑、上气不接下气地到达现场时,战斗仍在如火如荼地进行着。他们站在那里,观看着这场厮杀。

"约克,你先不要开枪。"安德路大口喘着粗气,"这样会打到维克。"

约克点了点头,把枪架在手臂上。他的头向前伸着,聚精会神地看着眼前的战斗,一方是一只经过漫长跋涉而精疲力竭的狗,另一方则是两只因多年的劳动而变得强健粗犷、异常凶猛的狗。他想当然地认为,他们那两只狗定会赢得胜利。

然而,莱西的身上具有其他狗所没有的东西,就是血统。她是一只纯种狗,她的祖祖辈辈都是至高无上、出身高贵的良种狗。

动物爱好者都知道,动物血统的那套理论并不是空谈。非纯种马在感觉劳累时就会停滞不前,而优良的纯种马即使仅剩最后一口气,也会速度爆发,勇往直前;遭遇危险时,非纯种狗会哀叫着溜走,而纯种狗则毫无怨言,无畏无惧。

正是这高贵的血统,为莱西赢得了最终胜利。当其中一只狗冲过来时,莱西便上前迎战,对另一只从侧面发起进攻的狗毫不在意。她将敌人打倒在地,倒下的敌人只好立刻投降。

莱西接下来的行为十分奇怪。她非但没乘胜出击上前咬住对方的喉咙,反而仅仅用前爪牢牢地压着他的身体,仿佛摔跤选手一般控制着对方。只要保持不动的姿势,对方就不会受到苦头。

就这样,当这只狗纹丝不动地躺着、毫无反抗之力时,莱西转向另一只狗。她高昂着头,露出尖尖的亮白的牙齿,从胸腔内发出缓慢而低沉的宣战声。

另一只狗见状也趴了下去,开始舔舔爪上的伤口。一场激战终于落下了帷幕。

双方就这样相持片刻——敌方中的一只卧在莱西坚实的爪下,而另一只则在清理身上的伤口,那神情似乎表明:"我与整件事情毫无瓜葛!"

这场画面只持续了短暂片刻,莱西作战期间的狂怒就逐渐消退了,喉咙里不再发出咆哮的声音,她记起了自己必须要履行的使命,就这样平静地转身离开,继续一路小跑起来。

直到这时,两人其中的一个才猛然跳起,大声喊道:"快——快,约克!打她!"

可是年轻的人根本不动。因为,他的头脑中浮现的并不是狗,而是人。他忆起从前一个确定的日子。而正当他伫立着、思绪飘远时,疲惫不堪的柯利牧羊犬已经逃出了他们的视线。

"噢,约克,你怎么不向她开枪?"

"我做不到,安德路。"

"为什么做不到呢?"

"我记起那年3月——1918年3月,安德路,当敌方向我们冲过来时——整个团队都站在那里奋起迎战,就好像如今这只柯利牧羊犬一样,安德路。她的作战方式就像当年的皇家高地军团(Black Watch)① 那样,安德路。我的记忆把我带回到了1918年的3月……"

---

① 皇家高地军团:诞生于1881年之后,它的前身是第42步兵团。1881年后两支步兵团合并成为"皇家高地军团",昵称Black Watch。Black 一词来自苏格兰呢绒的暗色调,Watch 则指士兵"视察"高地的职能。——译者注

"你蠢了?"

"不是,安德路。"

年轻的人皱了皱眉。

"1918年的3月。"年长的人嘲笑着说道。

"哎,无论如何,她都是一只勇气十足的狗,安德路。还有——还有似乎她要去某个地方——而且——而且——还有一点儿,我不能射击,因为我忘记装子弹了。"

"嚯,终于水落石出了。原来是忘了装子弹。我本以为一名开过枪的士兵是永远不会忘记装子弹的。"

"呃——有那么多的事情要记住呢,安德路。"年轻的人回话道。

然后,两人转过身,一起走了回去。年轻的人咔哒一声轻轻地打开弹闸,从步枪的枪膛中取出子弹,顺着手掌静静地滑到了口袋里。身后跟随着两只狗,他们返回到山坡上洒满月光的简陋小屋中。

第十五章 低地之俘

现在的地势已经改变了。这里既不是高地与石南丛,也不是绵延起伏的丘陵与放羊的牧场,而是趋于平缓的地面。在这里,唯一的一处高地就是发亮的矿渣堆成的小山——巨大无比的工业输送机从煤矿输出大量成堆的废料。

这里城镇群集,道路四通八达。一只狗再也不能无人察觉地通过城镇,也不能躲避人类的视线,因为到处都是熙熙攘攘的人群。不论莱西怎样竭力躲避人类的目光,为了向南行进,她不得不在人类的视野范围内行走。

因此,莱西想出了一个应对人类的新战术:她会尽可能地与人类保持距离,越远越好,可假如一定要经过他们身边的话,她会摆出一副视若无睹的神态。

而事实上,生活在这个地方的人让她心感舒适自在、轻松得多,其中的缘由,就是他们在许多方面都与她生长之地的人很相像。他们脸色黝黑,沾满煤尘,就像格里诺尔村的人那样；衣服上也布满一层污渍，用手提或用头顶着矿灯。与此同时，人们身上乃至整座城镇都充斥着地下工作者的气息。这气息如同莱西的主人身上所具有的那种气味——可是这群人并非她的主人，不过他们很像格里诺尔的其他村民。

因而，虽然莱西内心对人类的警惕程度更高了，但她对待这群人就像对待自己村里的人那样：从心中接受了他们，但也不会对任何人做出反应，也不会让任何人触碰到，更不会服从他们的任何命令。他们的确命令过她。苏格兰低地的那片工业区，就如同约克郡那里，有很多人了解狗、熟悉狗。他们能够辨别出良种狗，而且只需一瞥就可以判断出是否为走失的狗。他们常常会说："看，阿尔奇（Archie），是一只走失的狗！也是一只良种狗。你好啊，过来，小宝贝！过来，到这里来，宝贝！"

他们会把手伸过来，手指打着响，用亲切友好的语气呼唤她。虽然莱西经常在这群人的命令声里听出，他们似乎在叫自己的名字，但她也从不作出回应。倘若伸出的手靠得太近，她就会如水银一般从手下迅速溜走，然后消失不见。如果人类追逐她，她便拖着自己疲惫不已、多处受伤的身躯，由碎步小跑变成大步疾驰，那仅有两只脚的追逐者很快就被远远甩下。

一旦确定周围并无险境，她便重回小跑姿态，向南方前进。

如今，她小跑的节奏变得缓慢了，因为随着地势逐渐发生变化，一些事情也随之改变：这里没有食物。从前还会有野兔，但是数量越来越少，而现在她几乎难以闻到暖烘烘的野兔气味了。莱西感受到，内心的推动力变得越发难以控制，这使她的肌肉正带动着身体以不规则的速度前进，她甚至感觉很难服从心中的远离人类这一想法。除非人类的手距她非常近，不然，那日渐加剧的疲劳感使她再没精力去顾及人类危险的逼近。

然而，她的心中有一种永不灭亡的推动力——继续南进。永不变更方向，唯独向南。因此，莱西缓慢地穿越了苏格兰那片低地，足迹横贯那片黑烟滚滚的工业区。内心那团难以抑制的希望之火在熊熊燃烧，完全驱策着她——渴望南行——永远向南。在她身后所经之处，留下了很多故事——大家口耳相传，街头巷尾，人尽皆知。

在一座矿业小镇的一户人家里，一位年轻的妇人坐在桌旁，看着正在吃晚餐的丈夫，说道："今天我碰到一件特别奇怪的事情，伊弗（Ivor）——是一只狗。"

"一只狗？谁家的？"

"我也不清楚她是谁家的。当时我正带着孩子坐在外面，晒了一会儿太阳，这时一只狗从路上走过来。她简直脏透了，模样凄惨，外表恐怖，可是在某种程度上，她看起来还很漂亮……"

"怎么会既外表恐怖又看着漂亮呢？"

"我也难以形容，但的确是这样。她看起来筋疲力尽的，就好像有的时候上班或者下班回家那样——疲惫不堪、困乏无力，但是她——一直在走。于是我叫了她一声，她也不过来，就站得远远的，看着我——和小伊弗。我就走进屋里，装一盘水并端给她，放在地上。狗就走过来把水舔得一滴不剩。因此我又端来一碗吃剩的饭，放了下来。她注视了很久，绕着碗反反复复地转了好几圈，最后才走近嗅一嗅、开始吃起来——她吃起饭来动作特别优雅，可是我敢说她一定是饥肠辘辘的了。她是那么瘦削，样子十分可怜。

"然而,她正吃到一半,就停了下来,抬起头,顺着马路走开了,仿佛记起了一场约会似的……"

"那你希望她怎么做?停下来对你说'谢谢'?"

"不是,但是她只吃掉了一半啊!为什么不全部吃完呢?"

"哎,佩哲(Peggy),我怎么知道?我所知道的是,在这个世界上,不论是走失了的狗,还是流离失所的流浪儿,你都会按照自己的方式,拿出食物来救济他们。"

男人说完便笑了,女人也一起跟着笑了起来,因为从男人充满柔情的语调中,她听出了丈夫对自己的所作所为感到非常欣慰。

她很快便将自己救助过的那只走失的狗忘掉了。

在距离小镇以南的50英里处,一个面容瘦削的女人在给远行经商的丈夫写一封信,里面这样写道:

前几天,我们经历了一件很可怕的事情,有一条疯狗闯进了我们村里。麦格雷戈警官(Constable Macgregor)是第一个发现她的,并对这条狗起了疑心,因为从狗的口中流出了唾液。警官尝试抓住她,但她躲闪开了。我看见她顺着街道奔来——当时我正走在前往汤姆森太太(Mrs. Tamson)家的路上——她真是个令人毛骨悚然的东西,张着血盆大口,几近疯狂地飞驰着。身后有麦格雷戈警官和镇上许多小男孩在穷追不舍。于是我冲进詹姆森(Jamison)的绸布店,在那躲了将近一小时都没敢露面,心脏被吓得七上八下地、怦怦乱跳。

后来,我听说他们将狗围堵到了凡耐尔的小巷(Fennel's Alley)中,他们想当然地以为可以抓到她了,然而在最后的关头,她还是一跃而起,翻过后墙,逃掉了。你知道，那道墙至少高达六英尺。所以她一定是一只疯狗，不然，神志正常的狗是不会冒出企图翻越高墙的想法的。

从那以后，大家都很恐慌，生怕自己染上狂犬病，走失的狗全部被抓捕起来，带到了动物领养处。我认为这些流落街头的狗应该全被杀掉，因为没有人会预知他们将会引发怎样的灾难。

而事实上，我对整件事情感到非常紧张不安，所以，希望你尽一切可能，快点办完事情，然后迅速归来……

莱西克服重重困难，坚定不移地向着家乡的方向行进着。她的足迹漫长延伸，所至之处，皆流传着千姿百态的故事：或充满恐惧的色彩——或彰显关爱信任的暖意。

一条河水流经苏格兰这座工业城市，河面宽广辽阔。沿岸是高高林立的围墙与护栏，因为面向河水的那片地盘价值连城——几乎可称作是社会团体的命脉。

河水两岸，高大的起重机吊起一块又一块巨大的金属板，移动至架好的钢架结构之上。在那里，整日都有人在费力攀爬、钻孔，再用铆钉固定，杂乱无章的敲击声混杂着气锤巨大的锤击声。不久，一艘艘横跨大西洋（Atlantic）的巨轮就在那里诞生了。

一座座造船厂，与城市一并，顺着宽阔的河流蔓延伸展。这里的人们通过一座吱嘎作响的桥渡过河水，来往于两岸之间——几百年来，城市中这些古老陈旧的桥始终坚定不移地担当着贯穿南北交通的枢纽要道。

在交通拥挤的一座桥上，出现了莱西小跑的身影。数日来，她一直在河的北岸漫游徘徊，寻求渡河的方法，而最终选择了这种解决办法——必须跟随人群一起过桥。

在摩肩接踵的人行道上，她一路向前。时常有人转过头来和她打招呼，可是她始终置之不理，只顾沿着道路一直走，很快便在拥挤的人群中消失不见了。

可是，有两个男人一直紧盯着莱西。他们坐在一辆卡车上，过了桥。前排座位上的男人用手肘推了一下正在开车的同伴，指向那只专注于走路的狗。另一个人并没作声，但他点着头，似乎愉快地达成了共识，随后便调整车速，以保持莱西始终在他们的视野范围内。

莱西稳步行走在桥头上，稍稍加快了小跑的步伐。现在的她心情平静，带着向南的渴望一路前行。河水已然在她身后。一瞬间，她感到强大的力量在身体里蔓延开来，尾巴也微微翘得高了一点，看起来似乎无比愉快。

莱西顺着人行道向南走着，并没有留意到停在身边的卡车。城市里车马喧喧，气味混杂，使得她敏锐的听觉和嗅觉无法向自己发出警告。仅在最后一秒，动物的感官才警告她危险已降临。她猛然一跃。某种东西在半空中一晃而过。她用四肢奋力挣扎——但也于事无补。她被一张网笼罩住了，竭尽全力也是徒然。

她竭力挣扎了足足一分钟，用力抓挠着这张监禁自己的网，然而网却越来越紧，牢牢地控制着她。现在，卡车上的其中一人跪在她身边，轻车熟路地用手按住她，用皮带残暴地捆住她的口鼻，并紧紧夹住下巴。另一条皮带紧接着套上她的脖颈，还有一条将她的四肢捆绑起来。

莱西纹丝不动地趴在那，人们从四周聚集过来，将她团团围住。

她感觉到有人提起了网，便奋力扭动，企图将网撕破并逃脱。她的前爪终于挣脱了！接着一条后腿也自由了！她就要逃脱了!

她身体前冲,极力扭动,奋力抵抗着抓住她的人。此时,另一个人整个身体都扑倒压在她身上。如果下巴可以挣脱掉皮带就好了!她感到有人紧紧抓住了她的前腿,然后感到头部遭受了猛烈的击打。

莱西趴在那里,几乎昏厥过去。这时,一个清晰的呼喊声从人群中传来,两个人才住手。声音来自一位女士,清楚而简短:"嘿,你们不能对待这只狗如此野蛮粗暴!"

跪在地上的其中一个人抬起了头。

"谁这么做了?"他驳斥道。

人群中发出了窃笑声,然而当这位年轻的女士走上前时,笑声便戛然而止。她说话的声音严厉起来:

"如果你觉得粗鲁无礼可以助你一臂之力的话,那就错了。我已经亲眼看见了整个过程,因此我要告发你们——告发你们粗鲁而且残忍。"

男人再次开口,这一次他改变了语调。

"很抱歉,女士;可这是我的义务,是我应尽的职责。您再小心也不为过。现在周围有很多疯狗——捕狗员必须要履行自己的职责,这也是在保护公众的安全。"

"胡说——这只狗身上并没有狂犬病的迹象。"

"这可说不准,女士。不管怎样,她都是一只流浪狗——我们必须得将所有流浪狗都抓起来。她的颈圈上并没有名字。"

年轻的女士似乎还要说话,但是身旁的男士碰了碰她的手臂。

"这位小伙子说得对,爱塞尔达(Ethelda)。不可以任凭成群的流浪狗四处乱跑,而必须要有人加以控制,你懂的。"

"是这样的,先生。"捕狗员说道。

女士环视着周围,随后脸色沉了下来。

"即使这样,他们也不应该这般待她啊。起来,我来替你把她放到车上。"

"她会从你手中逃跑的,女士。"

"胡说。站起来。"

"我们只需要再把她绑住就好,女士。"

"站起来!"

跪在地上的两个人看了看人群,似乎在说,与这个满脑子都是愚蠢想法的女人争执不休是不会有希望取胜的。他们便站了起来,同时女士便跪了下来。莱西瞬间感到一双平静的手触到了自己,温柔地爱抚着,一个充满柔情暖意的声音在她耳边轻轻安慰着。

"好了,给我一条皮带——再把网拿掉。"

两个男人均照做了。女士将皮带轻柔地套进莱西的脖颈,一只手轻轻地拍着她让她镇定下来,另一只手温柔地拉住绳子。

"来——站起来。"她说道。

长久的训练告诉她要听从指令,于是她照做了。站起身,她跟着轻拉着的皮带向前走,来到了卡车面前。男人将车门打开,女士抱起消瘦的柯利牧羊犬并送进车里,配有格栅的门就咣的一声紧紧关上了。

"听好。"她严厉地说道,"即使是走失的狗,你们也不能像对待野兽那样对待他们。"

说完她转过身大步离开了,几乎丝毫没有在意旁边的男人。

"刚刚你在那么多人面前的表现很令人担心,爱塞尔达。"

他终于说出口。

女人没有回答,他们继续在桥上走着。到了桥中间,他看着她,停下了脚步。

"请原谅我。"他说道,"我感到非常自责,你做得很好。"

两个人都停了下来,静静地凝视着川流不息的河面。

"我不懂为什么是这样子。"长久的沉默后,他先开了口,"男人总是对在公众面前展现自己感到恐惧。他只是时常有那么做的想法——哎,就完全像你刚刚所做的那样,可是并不付诸行动。我觉得,这就是一种懦弱的表现。而女人则更勇敢。你刚才真的做得很好——我最开始就该这么对你说。"

年轻的女士将手搭在他的衣袖上,做出理解的姿态。"勇敢的并不是我,而是那只狗。"她说,"你知道,她让我记起了很多有关伯妮(Bonnie)的事。你还记得伯妮吗,在我还小的时候,我们一起养的柯利牧羊犬?"

"噢,现在我记起来了——我之前忘记她了。呃,不过她简直棒极了,爱塞尔达……"

"刚才这一只不知怎么的,我认为也很棒,米歇尔(Michael)。噢,她饿的瘦骨嶙峋,但却莫名其妙地勾起我对伯妮的回忆。她们都很有耐心,而且——而且——仿佛她明白很多事情,懂得那两个人是在犯罪,但却无法通过语言来表达。"

男人点了点头,取出了烟斗。两个人将手臂倚靠在栏杆上。

"他们会对她怎么处置呢?"最终,年轻的女士问道。

"谁——卡车上那两个讨厌的笨蛋吗?"

"是。"

"噢,会将她带到动物领养处。"

"我知道,但是在那里他们会怎么做呢——对那些走失的狗?"

"我也不清楚。貌似他们会饲养——特定的一段时间,倘若到了截止日期,还是无人出现将其领走的话,呃,他们就会处置这些狗的。"

"他们会把她杀掉?"

"噢,方法还是很人道的。用毒气室,或者其他类似的办法。绝对感受不到一丝痛苦,就好像入睡那样。在这方面有法律或相关规定。"

"可是没有人可以救她了——我的意思是,假如她的主人对此毫不知情呢?"

"我认为不会有人能救得了她。"

"不是有相关法律或者其他什么规定——如果到动物领养处那,就可以索要一只狗吗?就是说,假如支付了领养费或者类似的费用的话?"

男人吐出了烟雾。

"我认为好像有——或者应该有。"

他抬起头,看着身旁的女人,脸上泛起微笑。

"我们走吧。"他说道。

第十六章 "唐奈！绝对别信狗！"

配有格栅门的卡车驶进一座庭院，嵌入高墙之内的铁门咣的一声在车身后关上。卡车向后倒退着，紧贴在一个入口处，入口处的大门已被向上抬起、打开了。

卡车里，莱西在一个角落安静地趴着，里面还有其他的狗。在穿越城市的短短旅途中，这群狗都提高音量叫嚷喧闹着。然而莱西却如同被擒的皇后，在卑微的囚犯间，一动不动地趴在那。她的双眼始终保持警惕，在角落里静静地趴着，如同生病时卧在荆豆丛中那般，与外部世界隔绝开来。

甚至在卡车的格栅门开启之时，她也没有丢掉尊严的姿态。其他鱼龙混杂的狗又开始狂吠、四处乱窜起来。两个男人将他们抓住，向一间巨大的混凝土房间赶去。然而莱西并没有动，她成了卡车上唯一剩下的一只狗。

也许是她镇定自若的神态与帝王般的气息，让那名捕狗员产生了误解。又或许，他记起了年轻的女士易如反掌地将狗放入卡车内的画面。

他带着一条小皮带进入卡车内。莱西安静地趴在那,她太过高傲,以至于不会像其他狗那样奋力挣扎、狂吼乱叫来获得自由。现在,她平静地忍受着一双手将皮带滑过其头部。当皮带将要拉紧时,她便温顺地站起身,如同自幼所受的训练一样,开始跟着人走。他们从车后挡板那里走下来,进入充满回音的走廊里,莱西步伐稳定地跟在男人后面,脖颈上的皮带既不松懈也不紧绷。

这种举动也使得男人消除了疑虑,不再警惕。当他们到达那间大房子,助手拉开木栅打开大门的时候,他弯下身来将皮带滑脱。

顷刻间,莱西获得了自由。

她像一束闪电一般,跳跃着迅速飞奔逃离。男人赶快跳起试图堵住她逃窜的路,然而人类与动物相比,协调能力就如同蜗牛一般节奏迟缓。正当男人刚开始移动时,莱西已经转身急奔,跑到男人的双腿与墙壁之间了。

她顺着走廊飞速疾驰,然后紧急停住。她跑进了一个死角,摆在面前的就是她刚脱离的、卡车内阴森的车厢,由于卡车紧贴着入口的大门,因此中间没有一丝缝隙。

她转身向来时的方向猛冲——迎面碰上紧追不舍的几个人。她躲过那些人手脚并用的抓捕,猛力弹起,从他们身旁闪过。左侧便是楼梯,她迅速冲了上去。楼梯顶端是一个十字交叉的走廊,其中一条通往南方,她便沿着这条走廊跑下去了。

现在,她的身后一片嘈杂,整座大楼都回荡着叫喊声。走廊里人满为患,伸出的一双双魔爪企图抓住奔跑中的莱西。而她就像足球比赛中的后卫,扭动着身体左右突击,一直到达走廊尽头,随后停了下来。一面围墙挡住了去路,墙上有一扇窗,然而窗户是紧闭着的。

莱西猛然转身。此时,顺着长廊望去,只见观者云集。他们正在向前挪着步子。莱西环顾四周,每一侧都有许多大门,但都处于关闭的状态,她走投无路了。

逮捕她的人似乎看起来志在必得,因为这时出现了两个戴着鸭舌帽的男人,其中一个捕狗员开口说道:

"劳烦各位,站在原地不要动。我们现在就去抓她。你们只需要站在原地,她就不能顺着走廊逃跑。她不咬人的,她并不是一只恶犬。"

男人缓慢地向前挪动,在他身后,是带着一张网的助手。他们渐渐逼近。

莱西陷入了绝境,却仍高傲地站着,高高地昂起头,她等待着接下来的一切。

突然,出现了一线生机。在莱西右边,其中一扇紧闭的大门打开了,传出了一个声音,这是一种带有权威与势力色彩的声音——一副官腔。

"外面出什么事了?你们知不知道里面正在开庭……"

话音未落,一个呈黄褐色的身影从他身边飞驰而过,猛地撞到他的腿上,险些把他撞倒。他的脸部肌肉扭曲着,做出惊恐、愤怒又不失尊贵的神情。他满眼轻蔑地瞥了一下两个手里拿着网的男人,关上了门。

此刻,房间内的叫喊声四处回荡,因为莱西正在到处乱跑,找寻逃脱的办法。但在巨大的房间里,似乎没有一丝希望,所有的门均处于关闭状态。最终,莱西走投无路地站到一处角落里。人们纷纷从她身边逃离,只留她形单影只地站在那个地方。椅子间碰撞与摩擦的声音和人们的叫喊声逐渐平息下来,屋内仅仅剩下法官用的小木槌重重的敲打声。随后传来一个人严肃的说话声。"我可以认为，这位就是被告事先预约好的使人惊异的证人吗？"

立刻，房间内爆发出哄堂大笑。穿着暗色服饰的年轻人也开怀大笑起来。那个面色严峻、头戴巨大的白色法官帽的人也同时笑了。此人因言论犀利且机智而闻名遐迩，此外，案件已经审理了很久，单调沉闷、异常乏味。

他的此番言论将会在该地区的各类大小报刊上印发、引述：

"另据相关报道，今日，凭借活泼生动的幽默机智而著名的麦克凯利法官（Justice McQuarrie），在法庭上……"

这位大人物和蔼地点着头，假发几乎要掉到前额上。正在这时，莱西发出了一声短促的吠叫。大人物面露喜色。

"我想这就是一种肯定的答复。并且我要多说一句，这是20年来我遇见的最聪慧的证人，因为她是首个可以直接回答是与否的、毫不含糊其辞的证人。"

屋内的众人再次发出轰鸣的大笑。身着长袍的那些年轻人就像官员那样，互相看了看，点了点头。

老麦克凯利今天的表现很杰出！

此刻，他似乎认为自己应该判决笑声持续时间的长短，便重重地敲击着小木槌。他紧紧皱着眉头，目光坚定而严厉。

"军士（Sergeant）[①]，那是什么？"

[①] 军士：又称"中士"，为军士军衔中的一个级别称号。该词源于拉丁语"服务者"。军士作为军衔等级称号，最初在法军中设置，尔后出现在德国和英国军队。17世纪30年代开始出现在俄国新制团，1716年开始在俄国正规军中设此衔，1722年彼得一世颁布的《官级表》中，取消了军士衔称，军士军衔设下级准尉、司务长、上士、下士四级。各国军队普遍设置军士军衔，有的国家还将军士划分为若干等级，如巴拉圭分一级、二级中士，奥地利的中士分一、二、三级。——译者注

"是一只狗,法官阁下。"

"一只狗!"

法官向那个动物扫视一眼,她仍旧束手无策地站在角落里。

"你确认了我的疑虑,军士。她是一只狗!"法官和善地说道,随后大吼道,"那么,该怎样处置她?"

"我想我清楚您心中的想法,法官阁下。"

"我心里是怎么想的,军士?"

"您希望她被带走,法官阁下。"

"千真万确!把她带走!把她带走!"

军士感到内心受到了伤害,颇为惊讶地环顾四周。在他做官的这些年里,还从来没出现过这样的问题。或许在法律界的全部历史上也从未有过此事。又或许在任何书中或法规里,都没有可以适当地处理此事的正式的、得到公认的程序。其余任何可能发生的事情都已被考虑到,但是——狗会如何处置呢?军士记不起来了。

狗——从法庭里被带走。或许某处已有记录,但是军士记不起来。但倘若并无官方的程序可遵循,又怎么会……

突然,军士面露喜色,他想出了解决的办法,即利用权力的等级。于是他转向刚才开门并把莱西放进来的人。

"麦克罗什(McLosh)!把狗带走。她是从哪里来的?"

门卫涨红了脸,目光责备地望向他的上级。

"她是从唐奈和费尔古森(Fairgusson)那里逃出来的,他们正拿着捆绑用的绳子等在外面。"

军士转过身来,用更加官方的语言对法官进行解释。

"法官阁下,这只狗是从动物领养处逃跑的。有两名捕狗员正候在外面。既然逮捕与拘留流浪狗正是动物领养处的分内职责……"

"我是不会对此事做出正式的判决的,但是我要非正式地,军士——非正式地……"

那群身着长袍的年轻人又欣然相视而笑。

"……我在此非正式地做出宣布,这在他们职责范围内。让他们进来,并命令他们把狗带走。"

"是,法官阁下。"

军士匆忙退下,走向门口。

"在法官阁下发脾气之前,快点把她带走。"他声音发哑地低语道。

两个男人担着网走进了法庭。席间站起成群的人,兴趣盎然地观看着。在这单调沉闷、冗长乏味的一天里,此事理所当然地成了一种放松方式。

两个男人正在向角落匍匐前进——缓慢而警惕。

"我们立刻就会把她带离这里,法官阁下。"其中一人带着安抚的口吻说道。

然而当他讲话时,莱西转身跑掉了。她知道那张网,它是可恶的敌人,她必须逃离它。

房间内再次陷入一片混乱。那群年轻人充分利用每一次机会,如同校园里的男孩那般提高音量,打猎似的叫喊着。

"哟!跑掉了。"

"看!嘿,沃特森(Watson),她在桌旁!"

"曬!嗨!噢,我的小腿。"

他们兴致勃勃地高声喊叫,欣喜若狂,并尽其所能地阻止两个拿网的人——他们看似在协助围堵这只狗,而实际上却无时无刻不在搅乱秩序,将两名捕狗员弄得手足无措。

最终嬉闹还是停止了,一切恢复了常态。而莱西也被堵至墙边，环绕着的两个人逐渐逼近。她的头顶上有一扇打开的窗户，莱西便一跃而上，跳到窗台边——踌躇不定地站在那里，因为身下就是卡车停放的院子。这里距水泥地面的高度足足有20英尺。

两名捕狗员满怀信心地向前走来，以为这个高度会让这只狗望而却步，不可能从此处跃下。他们展开了捕狗网。

莱西在窗边摇晃了一下。远处的左侧就是卡车顶部，距离窗边仅10英尺，可还是很远。她蜷缩着身体，手爪舞动，似乎在找寻更加合适的立足处。她的肌肉在颤抖。

狗和猫不一样，他们像人类那样有恐高的概念。但是这也是唯一的办法。

莱西蜷伏着，绷紧肌肉，迅猛站起并奋力一跃，竭尽全力奔向车顶方向。就在冲到半空中的瞬间，莱西下意识地感觉到自己跳跃的距离并不够远。时间感与平衡感提醒她不会安全着陆。伸出前肢，她仅仅碰到了卡车的边缘。身体悬挂在那的一刹那，后肢奋力攀爬，片刻后她便重重摔下。莱西躺在地上，昏厥过去。

而在上面，法庭的窗边，挤满了一排排观望的脸。捕狗员发出了一声尖叫。

"现在我们可算抓住她啦。"

他和同伙一起转身，准备离开，然而一声尖利的命令让他们停住了脚步。法官紧蹙眉头，不满地看着他们，言语之间幽默全无，烟消云散了。

"这里是法庭，你们必须要静默无声地离开。各位先生，请。我将在此宣布，休庭。"

伴随着小木槌的敲击声与老人"肃静"的喊声，所有人都站了起来。

两个男人满口抱怨地走出房间,刚到走廊,他们便飞奔起来。

"讨厌的狗。"年长的人气喘吁吁地说,"我要给她一点儿颜色瞧瞧,等我抓到……"

然而当他们到达庭院时,却只剩万分惊讶。卡车还在那,莱西昏厥时躺过的地方也还在,可是她不见了,庭院之内空空如也,不见其踪影。

"噢,美好的一天就这么结束了,唐奈。"年长的人上气不接下气,"她本应摔死在这里的——但她在哪儿呢?"

"她翻墙跑掉了,费尔古森先生!"

"这道墙有六英尺高——她不要命了。她不是什么令人讨厌的狗,唐奈。她就是一个吸血鬼。"

他们回到了地下的办公地点。

"费尔古森先生,不是说吸血鬼一类的东西都长有翅膀吗?"

"千真万确,唐奈,我也是这么认为的。动物要越过那道墙就必须要有翅膀啊。"

唐奈挠了挠头。"有一回。"他说道,"我观看过一部电影,是有关吸血鬼的。"

年长的人语气严厉地打断了他。

"够了,唐奈,我正尝试着把心思放在此事上——这是一件很重要的事情,它是——可你又在胡扯什么电影。如果你继续这样的话,在市政当局永远不会取得进展、有所作为。眼前的问题是,该怎么处理这只狗的相关事宜?"

唐奈嘟起嘴。

"我也不知道。"

"那就好好想想。如果此时此刻你是独自一人,会怎么做?"

唐奈陷入了深深的思考。最终,他眼前一亮。"我们可以把车开出去,再对她进行一番搜寻!"另一个人却连忙摇头,似乎已失望透顶。

"唐奈,你怎么就不会学一学呢?"

"学一学?难道我什么也没学?"

"虚度光阴!虚度光阴啊!"费尔古森用强调的口吻说道,"我告诉你多少次了?作为一名公务人员,你就应该遵守正常的工作时间。假如你不分日夜地工作,他们就会希望你一直这么做,这是你首先应弄清楚的。"

"说得对。我给忘了。"

"忘了!你给忘了。我给你设立一个榜样,小伙子。你以后就会有所成就了。"

年轻的人面露愧色。

"还是不行啊。"费尔古森说道,"你得学会多动脑袋少动腿。现在我们需要做的是打一份报告。"

他拿出笔纸,好长时间都在用嘴含着铅笔头。

"这真难做,唐奈。"他最终说道,"这是我们部门光辉荣誉上的一块污迹。我在这儿22年了,之前从来没有发生过狗逃跑的事。我无从知晓该怎么汇报此事。"

唐奈挠了挠头,突然灵光一现。"嘿,听着,我们能否将这件事忘掉,只字不提?"

另一个人面带钦佩地抬起了头。

"你可能真的说的有道理,唐奈。你终究学会了。可是你把一件非常重要的事情给忘记了。法庭上的那出闹剧。他们会对此议论纷纷的,毫无疑问!"

"对了。"唐奈激动地说,"你可以这么说,我们抓住那个家伙了。倘若他们想要核实的话,我们就把今天早上抓到的那只健硕凶猛的大家伙拿给他们看。并且少汇报一只,这样就没有狗从你手中逃走了,你的名誉上也就不会有污点了。"

"唐奈,言之有理啊!"

年长的人用力地写起来。他费力地写了半小时。刚落笔,蜂鸣器就响了起来。门打开了,一位警察走了进来,刚刚站在桥上的那对年轻男女跟在其后。

"这就是动物领养处,先生。"警察说道。

年轻的男子向前走来。

"我听闻。"他说,"倘若支付领养费以及一笔适当的小费,我就能领养此处的任何一只不明其主的狗?"

"是这样的,先生。"

"好,那我——呃,这位年轻的女士,就是——她想要领养今天早上被抓住的那只柯利牧羊犬。"

"柯利牧羊犬?"费尔古森反复说着,大脑飞速运转,"柯利牧羊犬。没有,今天早上没有被抓的柯利牧羊犬,先生。"

年轻的女子走上前来。

"听好了,你究竟想怎样?你非常清楚,今天早上你抓捕柯利牧羊犬的那一会儿我正在现场,看见你粗鲁地待她,你也是。如果你们玩什么花样的话,麦克凯斯队长(Captian McKeith)会派人介入调查此事的。"

费尔古森挠了挠头。

"呃,我还是实话和您说了吧——她逃跑了。"

"她怎么了?"年轻的女子问道。

"她逃跑了,女士。这里的任何人都能作证。她挣脱束缚,跑进麦克凯利法官的当庭,接着从窗台跳下,又翻过墙——然后就逃跑了。"

"逃跑了!"年轻的女子瞪大了双眼,随后喜悦之情爬上眉梢。

"我不清楚你是否在说实话。"年轻的男子说道,"但为了保险起见,我还是要为那只狗填写一份领养申请表。"

他在一本小册子上做了记录,然后转身离开了。年轻的女子愉悦地跟随其后。

"我很抱歉,爱塞尔达。"他们走上楼梯时,他说道。

年轻的女子面露微笑。

"没有关系。我很快乐。你没看到吗,她又获得了自由。自由!即使我不能拥有她——至少她自由了!"

在楼下的那座地下办公地点,费尔古森在助手面前愤然咆哮道:

"这下好了,我必须得如实汇报她逃跑了,毫无疑问,那些讨厌的家伙们一定会过来填写申请表,想要收养她的,我还必须得一一解释,为什么狗不能交给他们。"

他粗暴地将呕心沥血写完的假报告撕成了碎片。

"一切工作都是徒劳。就让这件事给你上一课吧,唐奈。你从整个事件中得到了什么结论?"

"绝对不要在报告上弄虚作假。"唐奈忠实地答道。

"噢,不是。"费尔古森轻蔑地说,"你始终都没有一点进步,唐奈。最终结论是这样的:永远别信狗!

"就以那只狗作为例子。她之前假装很温顺的样子,就像怀里的小婴儿。我仅仅相信了她片刻,她就立刻转变成了最终审判日①的火球。她本来是恐于跳下的——但她怎么

---

① 最终审判日:指基督教中(上帝对人类的)最后审判日。——译者注

做的?"

"她跳了下去。"唐奈回道。

"对的。她本应该摔死,可是她怎么了?"

"她活下来了。"

"再次回答正确。她本应该没有能力翻越那道墙,然而最终她做什么了?"

"她跳过去了。"

"又对了。所以,这个教训就是,唐奈,只要你还在这个岗位上,就绝对不要相信那些该死的狗。他们不是——噢——他们可不是人,狗可不是人啊。他们根本不是人!"

第十七章　越过边境

莱西缓慢地、步伐沉稳地穿过一片田地。现在她不再小跑着前进,而是吃力地向前挪动。她低垂着头,尾巴毫无生气地垂在后面。骨瘦如柴的身体从一边摇晃到另一边,仿佛使出全身力气来推动四肢继续前行。

然而,她的行走路线仍然坚挺笔直,依旧一路向南。

她迈着疲惫的步伐穿过牧场,丝毫没在意正在吃草的牛群,当她经过他们身边的时候,他们就从专注的吃食中抬起头,注视着她。

莱西顺着小路前进,青草变得越来越茂密粗糙,小路上也遍布泥浆。随后泥泞不堪的小路又变成一个小水坑,水坑蔓延的尽头就是一条河。

她站在因踩踏而遍布脚印的岸边,此处是牛群前来饮水与纳凉之地,因处在回水区而水流缓慢。在距离莱西较远处,有几头牛站在及膝的水中。他们转过头看着她,下颌由于咀嚼而不停地动着。

莱西轻轻地呜咽着,抬起了头,仿佛捕捉到了来自远处对岸的气息。她原地踱步片刻,便试探性地向前涉水。她越渡越远,河水越来越深,脚也渐渐触不到水底了。河水的回流开始把她带向上游,她便开始游弋,身后的尾巴在奋力打旋。

这条河不像流经苏格兰那片高地上的河流那般波涛汹涌,也不似数英里外,流经工厂群集的工业城市的河水那样无比肮脏。相反,此处河面辽阔,水流平缓,带动着莱西顺流而下。

她疲倦的四肢奋力划着水,前肢有规律地拍着水面。南侧的对岸从身旁经过,但似乎距离她仍旧非常遥远。

虚弱感开始向她袭来,她拍打水面的节奏越来越慢。当伸出的头下沉至水中时,她如同从梦中惊醒,疯狂地挣扎着浮出水面。她的头径直向上伸展,前肢拍打出的水花在身前四溅,惊恐慌乱地游弋着。

然而此刻,她又清醒过来,随后再次沉着冷静、节奏平稳地向前游动。

这是一次漫长的游弋——一次充满勇气的横渡。最终,当莱西到达对岸时,已经弱如扶病、难以上岸了。她的前肢在最初到达的地方奋力攀爬,可是岸边太高,她没能成功。河流的回水将她带向上游。她再做尝试,但还是跌落到水中,溅起了水花。随后河流的漩涡将她卷进其中。终于,她的脚触碰到了一处坡度迂缓的河底,这才艰难地拖着身体走上岸去。

仿佛皮毛上水的重量是一种额外的负担,使她难以承受。她蹒跚着,拖着沉重的身躯,挪着步子,爬到了岸上。随后便如同一堆烂泥瘫软在地,再不能前行一步。

尽管如此,可莱西已经身处英格兰的大地之上了!但她对此无从知晓,仅仅是一只急于归乡的狗——不是按部就班的人类。她也不可能知晓,自己早已翻越了千山万水,穿过了苏格兰的高地与低地了;她刚刚渡过的这片河流就是特威德河,是将英格兰与苏格兰分割开来的边界线。

莱西对所有一切都毫不知情,她仅仅知道,即将爬到岸边更高处之时,发生了一件奇怪的事情:她的腿完全不能正确地做出反应。她逼迫自己前进,却丝毫没有反应,早已疲惫不堪的肌肉表现出了"抗议"。她瘫坐在地,全身剧烈运动着,欲猛冲向前,可是最终还是向身体一侧倒下了。

她哀鸣片刻,前爪抓着地面,依然拖动着身躯,向南方移动着。此时,她身在乱草丛生之处,吃力地向前挪动着,一码又一码,一尺又一尺,一寸接着一寸,直到最后,肌肉彻底"罢了工",她再也动弹不得了。

莱西侧着身躺在那里,双腿僵硬地伸直,目光呆滞无神,摆出的姿势仿若"死去的狗"那样,只有干枯瘦弱的腹部间歇性地起起伏伏。

莱西在那里躺了一整天。一群苍蝇不停地打搅着她,在她周围飞来飞去,可是她已没有精力抬头将他们驱走。

夜幕降临,河的沿岸传来放牧人的呼唤声与牛群的哞叫声。小鸟的鸣啭为这一天画上了完整的句号——画眉鸟清脆的歌吟穿透了蔼蔼暮色。

伴随着夜晚独有的声响,黑夜彻底来临。猫头鹰尖利的叫声不时传出;猎食的水獭在涓涓流水中隐秘地游动,水面泛起微弱的涟漪;远处传来农家犬吠叫的声音;树叶在风的吹拂下飒飒作响。

黎明时分，新的声响在悄然兴起——鲑鳟鱼在薄雾笼罩的水面上欢快跳跃，溅得水花四起；男人打开田地里农舍的小门，几只白嘴鸦便毫不停歇地尖叫着以发出警告。太阳缓缓升起，高木的树枝在清晨第一缕微风中摇曳，闪烁着光芒，斑驳的影子投在草地上，轻柔地跳着舞。

太阳渐渐高升，散落的阳光洒在莱西身上，她缓缓坐起，目光迟钝。迈着迟缓的步伐，她出发了——离开了河流，向南进发。

这间房屋简陋矮小。房间内，丹尼尔·法登（Daniel Fadden）坐在桌旁的椅子上，借助桌面上微弱的灯光，仔细研读着报纸。在靠近炉火的旁边，一把摇椅上，坐着他忙于针线活的妻子。摇椅在无休止地前后摇晃，她的手指也在毛线与缝纫针之间灵活地穿梭，似乎这一切动作都存在某些联系——摇椅每摇摆一次，缝纫针便来回穿梭三次。

夫妻二人均已进入垂暮之年，他们在一起生活了大半生，彼此间早已形成一种默契，无需言语。只要确保另一半近在身旁，他们就已经心满意足了。

后来老人将镶着银边的眼镜推至前额，目光投向壁炉。

"我们需要向炉火里再添一些煤炭。"他说道。

妻子一边摇晃着，一边点了点头，此时她正专注于无声地细数已完成的针数。她在为缝纫活做收口，因此要确认针数的准确无误。

老人缓缓地站起，拿起煤斗，走向水槽。水槽下方的小橱中有储煤的箱柜，他慢慢地用小铲子将一些煤铲出。

"啊，我们就快没有煤炭了。"老人说道。

妻子从手中的缝纫活中抬起了头。夫妻二人都在心中默默盘算着——添置煤炭需要花费多少。最后一大堆煤炭消耗得快了。他们的日常生活与譬如此类的琐事息息相关。在消费上异常紧绷节俭。而他们全部的收入，就是政府为他们在法国牺牲的儿子发放的一小笔抚恤金，还有国家支付给他们每人每周 10 先令的退休金。虽然经济拮据、收入微薄，但是他们始终小心翼翼地节省每一分钱，从不欠他人哪怕一个便士。这间小房子坐落在远离车水马龙的城镇之外，交通落寞，生活花费低廉。法登在小房周围的一小部分空地上种上了蔬菜，养了一群小鸡、几只小鸭，还有一只喂得要肥成"圣诞佳肴"的大鹅。而这只大肥鹅不知不觉中就变成了这对老夫妻间延续多年的巨大笑话。六年前，法登用 12 只新鲜的鸡蛋换了一只小鹅。每一天他都对它悉心照料，并夸下海口，等到圣诞节，它就会变成一只丰满肥硕的大鹅。

然而老人的"自吹自擂"变成了现实——这只鹅果然变得硕大肥圆。在圣诞节的前些时日，法登坐在小屋内，手持短柄小斧，久久凝视着眼前这只曾朝夕相伴的大鹅。最后，还是他深明大义的妻子挽回了局面，只见她抬起头，缓缓说道：

"丹（Dan），我觉得今年自己并不喜好鹅肉的口味。假如你杀一只鸡来代替鹅的话——那么……"

"是啊，戴莉（Dally）。"法登说道，"只有我们两个人吃一只大鹅，这真的是太过浪费了。一只鸡其实就够了……"

因此，这只大鹅便从斧下逃过一劫。之后每一年的圣诞节，这只大鹅都处于即将成为"饭桌上的大餐"的边缘。

"今年一定要把它杀掉。"法登总会如此信誓旦旦地宣布，"我们养了它整整一年，把它喂得肥肥的，难道就只是让它像个国王一样，趾高气扬、大摇大摆地四处闲逛显摆吗？今年它在劫难逃了。"

然而事实上，这只鹅总会幸存下来。法登夫人对于此事早已心知肚明。每当法登神气十足地宣布要将大鹅烤熟，使之成为"圣诞大餐"的时候，她总会毫无异议地随声附和："是的，丹。"而当法登在举起斧头的最后关头变得犹豫不决，含糊其辞地表示两个人难以吃完一整只大鹅时，她也会说道："是的，丹。"私下里，她暗暗下定决心，要让这只大鹅一直活下去。按照她的意愿，这只鹅要活到夫妻双双"安息于黄泉之下"的那天。

但是她不愿有违背心意的事件发生。事实上，倘若丹坚定不移地按照自己的意愿杀掉大鹅的话，她就会感到仿佛天塌下来一样，万念俱灰、不再复生。

要饲养一只饥不可堪的大鹅，所需费用理所当然不是小数。然而夫妻二人总是可以从别处节省开销，攒下一个又一个便士。因此只要克勤克俭、一丝不苟，总会从一个个铜板中慢慢攒出积蓄的。

因而，他们过着如此一般的生活：心满意足而尊贵高尚——但总是会思考如何节省花销，就如今晚，夫妻二人都在估测剩余数量的煤炭可以燃烧的时间长度。

"啊，不用再添火了，丹。"她说道，"用煤灰封住壁炉吧，然后我们去睡觉，不管怎样夜已深了。"

"我们再待一会儿。"丹尼尔回道，他了解，妻子戴莉非常喜欢在夜晚坐到壁炉前的那把摇椅中，做上几个小时的缝纫活。"现在还早，我再去添一些煤。上帝才知道，今天晚上为何会这么寒冷——都是因为这令人厌恶的东风把一场冷雨给吹来了。"

戴莉点了点头。她在摇椅中有节奏地前后摇晃，聆听着窗外怒吼咆哮的东风和雨水鞭打在低矮房屋的窗上的声音。

"很快就要到秋天了,丹。"

"是啊,秋天快要到了。现在外面刮的就是入秋的第一场风,寒气逼人!好像吹透人的身体一样刺骨地寒冷。我可不愿意在这种糟糕的天气里在外面多停留哪怕一秒。"

妻子仍然有规律地摇着摇椅,思绪飘远,回到了从前。每当有人谈论坏天气时,她总会回忆起她的儿子小丹尼。在那片战壕中,没有温暖的燃着炭火的壁炉。士兵们是在毫无遮挡、泥泞不堪的地下洞穴里度过的第一个冬季。可以想象得到,有人会被冻死。然而,当小丹尼在休假期间回到家时,展现在她眼前的,是一个容光焕发、健康强壮的小伙子。每当她叮嘱儿子要保护前胸不要受凉、颈部保持干燥的时候,小丹尼就会开怀大笑——笑声响亮、浑厚而充满力量。

"嘿,在法国度过这个冬天之后,就没有什么寒冷是我应对不了的了,妈妈。"他浑厚有力地说道。

然而,夺走小丹尼生命的,既不是严寒也并非是疾病,而是机关枪,上校在写给戴莉的信中有提到过。迄今为止,她仍然将那封折好的信完整地保存着,置于结婚证旁。

啊,战争——冰冷机器的战争。无情的子弹将所有人的生命都夺去了,无论他勇猛精悍,还是懦弱胆怯;不管他弱不禁风,还是像小丹尼一般身强体壮。并不是牺牲的人就配得上勇敢这一称谓,因为战死的士兵中也有怯懦的人。真正配得上这一称谓的——就是驻扎在泥泞不堪的战壕里,忍受过寒冷的冰雨,却还是一如既往地精神焕发的那些人,这才叫作勇敢。每当寒风四起、冷雨击窗之时,她的脑海里总会浮现出小丹尼的身影。这一切已经过去了很久,然而她仍然会时常记起。就这样,她缝纫着,一针一线、来回穿梭,一边有节奏地摇晃——缝纫着、穿梭着、摇晃着……

突然，她停下不摇了，头高高抬起，一瞬间纹丝不动。接着又继续——缝纫、穿梭、思索……

随后，她再次停住，屏息凝神以便听得更加清楚——在壁炉里燃烧的火焰声之外，有煤炭燃烧的嘶嘶声响，煤灰掉落到炉栅之下的井中发出的噼啪声，还有翻越报纸的哗哗声；在更高的地方，有一扇较为松动的、被风吹得轻声作响的窗户，还有越来越急、越下越大的雨声。然而在远处，有另一种声音，顺着风吹的方向传播过来。也许是因为思念很久以前还健在的小丹尼而产生了幻觉？

想到这里，她又低下了头继续缝纫。可随后，她再次端坐起身。

"丹！鸡舍旁边有一丝动静！"

于是老人也端坐着，仔细聆听片刻。

"啊，戴莉。你又产生幻听了。"他带着责怪的语气说道，"只有风吹的声音，没有什么。还有那扇窗户是有一点松动，我会去修好它的。"

说完，老人继续阅读着报纸，但是头发灰白、身形矮小的妻子仍然抬着头，侧耳聆听着，她又开口道：

"快听——这声音又来了！外面一定有某种东西！"

她站了起来。"丹尼尔·法登，如果你不想去察看到底是什么在鸡舍里作祟的话，我就去！"

她说完便拿起披肩准备出门，但是此时丈夫站了起来。

"好，好，好。"他抱怨道，"你坐下吧。如果你一定要我去察看一番，我就听你的去看一看，好让你安心。我现在就去。"

"先把围巾围好了，再出去。"她责备道。

戴莉看着丈夫走了出去，屋内只有她独自一人。寂寞孤单的生活令她对平日里的声响很敏感,她听着丈夫走远的声音——片刻之后,伴随着暴风雨的巨大噪音,又传来急速返回的声响,他在奔跑。戴莉迅速起身,面向大门,随后门开了。

"披上你的披肩出来。"他说道,"我发现是什么东西了,提灯在哪儿呢?"

黑夜中,他们冒着疾风骤雨,匆忙地走出了家门,走上了大路。最终,在公路边的一片山楂树丛中,老人停了下来,向路边的斜坡下爬去。他的妻子高高举着提灯,随后发现了丈夫找到的东西——是一只狗,躺在沟渠里。借助提灯的光亮,她看见狗转了转头,有那么一瞬间眼睛里流露出炽热的光亮。

"好可怜,这只可怜的小家伙。"她说道,"谁会如此绝情在这样一个晚上把狗遗弃在外呢?"

戴莉的话被狂风席卷走了,然而老人听见了她的声音。

"她已经筋疲力尽了,再也走不动了。"他大声喊道,"把提灯举高一点儿!"

"我能帮助你吗?"

"你说什么?"

她弯下身大声喊道:

"我能不能帮帮你?"

"不用了!我自己能做好!"

她看着丈夫弯下身体将狗抱起,紧紧抓住披肩以防狂风将其卷走。她走到丈夫身旁,高举提灯。

"慢点,丹,注意脚下。"她提醒着,"噢,好可怜的小东西!"

戴莉跑在丈夫之前打开了门,老人气喘吁吁地冲进了屋子,门在身后"砰"的一声关上了。夫妻二人将莱西抱至暖意融融的炉火旁,并将她放在毛毯上。他们向后退去,凝视了莱西片刻。而莱西只是躺在那,闭着眼睛。

"我怀疑她是否会撑到明天清晨。"老人说道。

"那也没有理由站在这里袖手旁观啊,至少我们应该尽力一试。快点脱掉湿漉漉的衣服,丹,否则你也会生病的。你看她在浑身颤抖——还没有死呢。再从橱柜下面拿来一个麻布袋,丹,把她身上的雨水擦干净。"

老人笨拙地低下身子,擦拭着狗已湿透的毛发。

"她简直脏透了,戴莉。"他说道,"她会把你那整洁漂亮的毛毯全部弄脏的。"

"那么明天早上,你需要做的工作,就是把毛毯拿出去抖干净。"戴莉也毫不退让,言语犀利地回击道,"不知道能不能给她喂一点东西吃呢?"

老人抬起头,看到妻子的手中拿着一罐炼乳。两个人悄然无声地相互交流着彼此的想法,这是他们最后的一罐了。

"那么,明天就不用再向早茶里放牛奶了。"她说道。

"省下一点吧,戴莉。你是不喜欢茶里不加牛奶的。"

"哎,这没关系。"她回应道。

她把牛奶放入水中加热。

"我时常在想,我们都在依照习惯做事,丹。"戴莉继续道,"不过我听别人说,中国人在喝茶的时候常常是不加奶的。"

"那碰巧是因为他们不晓得牛奶有多健康。"他含糊地嘀咕着。

老人继续擦拭着狗被雨淋湿的冰冷的身体,妻子则在搅动着置于炉栅之上平底锅中的牛奶。小屋被静谧的氛围笼罩着,安宁祥和。

莱西一动不动躺在那里。她几乎耗尽元气,处在半昏迷的状态,朦胧中她感到自己沐浴在安静而和平的气氛之中。从前的种种记忆如滔滔江水涌上心头,她感到很安心,这个地方的味道"很合心意",是煤烟混合着烘烤面包的芳香之气。有一双手在抚摸着她——没有监禁之意,也没有带来痛苦,相反,这双手充满安抚镇定的温情,使她受伤的痛处与疼痛的肌肉倍感舒适。这里的人们——他们不会猛然采取行动,也不会大声吵闹喧哗,或是投掷会伤到她的东西。他们只是安静地走路,不会惊吓到任何一只狗。

然而最重要的一点,就是这里也是暖意融融的。这种温暖令人沉醉、使人痴迷,它会让人的感官变得迟钝,意识逐渐消失,仿若身处一条缓缓流淌的溪流中,慢慢漂流,直至忘却所有,直到生命逝去。

朦胧之中,莱西感受到一碟热气腾腾的牛奶放在面前,然而感官仍旧不能从半昏迷的状态中完全恢复过来。她尝试着将头抬起,可是头却一动也不能动。随后她感到头部被温柔地抬起,暖热的牛奶顺着喉咙、一勺又一勺地流下。她吞咽着,一次——两次——三次。这股热腾腾的暖流充满了全身每个角落。她逐渐缓和了一些,感官也在慢慢恢复知觉。她纹丝不动地躺在那里,之后用勺子送进口中的牛奶开始溢了出来,滴在了毛毯上面。

戴莉起身,站到丈夫的身旁。小屋中,传来她说话的声音:"你认为她是不是就要不行了,丹?她一口也不吃了。"

"我也不清楚,戴莉,也许她会撑过今晚。我们已经尽最大努力了。现在我们仅仅能够做的——就是顺其自然。"

妻子凝视着眼前这只狗。

"丹,我认为我必须陪在她身旁。"

"好了,戴莉,你已经尽力了,而且……"

"但也许她需要有人来照顾,还有……这真是一只漂亮的狗,丹。"

"漂亮!她可是一只奇丑无比又无家可归的杂种狗……"

"噢,丹。她是我见过最漂亮的一只狗了。"

妻子坚定不移地坐在那把摇椅中,一心只想整夜亲自照看她。

一周以后,法登夫人坐在那把摇椅中,清晨的阳光透过窗户倾泻进来,而有关暴雨之夜的记忆仿佛是很久以前的一个梦境。她透过镜片看着莱西,面露喜色。莱西正趴在毛毯上,竖着耳朵。"他回来了。"她大声说道,"你可以听出来的,对吗?"

很快便传来丈夫的脚步声,紧接着,门开了。

"丹,你知道吗,她已经能够听出你走路的声音了。"妻子颇为自豪地说道。

"啊。"老人有所怀疑地答道。

"她的确是这样。"戴莉坚持己见,"有一天,当一名小贩从此经过时,她便发出吼叫,声音大得几乎可以掀掉屋顶。我告诉你,我所说的句句属实。她是想让那个小贩明白,尽管你到城镇上去了,但是家里还是有人在的!但当她听见你回来时,却没有一丝动静——所以她一定能够听出你走路的声音。"

"啊。"老人再次这样回道。

"她十分聪明——又很漂亮。"妻子说道——仿佛在对着狗说话,而不是对人。"她难道不美吗,丹?"

"是啊,她很美。"

"可是当时你还说她无比丑陋呢。"

"没错,不过那是之前……"

"看,我只用一把旧梳子,就把她的毛发打理得漂亮又整齐。"

他们看着莱西,只见她高昂着头,以柯利牧羊犬常有的狮王般的姿态坐在地上,纤瘦的口鼻优雅地向上抬起,脖颈上的皮毛也再次变得亮白充满光泽。

"是不是她看起来不同寻常?"妻子骄傲地问道。

"是啊,她很不寻常,戴莉。"老人回答道,语气中充满悲伤的情绪。

妻子从他的回答中捕捉到了不祥的预感。

"嘿,你怎么了?"

"呃,戴莉。你看,事情是这样的。最初,我认为她只不过就是一只杂种狗。可是如今……哎,她是一只良种狗。"

"她当然是良种狗了。"妻子兴高采烈地说道,"她全部的需求就是一丝温暖、一点食物,还有待她友好的人。"

老人摇了摇头,似乎对妻子并未看出自己的用意而感到恼火。

"是,可你难道不懂吗,戴莉?她是只良种狗——现在的她整洁干净,身体也在日渐康复,能够看得出来,她价值连城。并且……"

"并且什么?"

"哎,贵重的狗一定是有主人的。"

"主人?有哪位心地善良的主人会让这个可怜的小家伙在那样恶劣的夜晚在外游荡,瘦骨嶙峋、忍饥挨饿呢?主人,真是好主人!"

老人再次摇了摇头,重重地坐到椅子中,向黏土烟斗中塞满了烟草。

"好了,戴莉,没有用的。她是一只名贵的狗,现在我非常清楚。所以,不要对她过于用心,因为主人总有一天会来的……"

妻子坐在那里,忧心如焚地思索着这个新产生的可怕问题。这只漂亮的狗是她的——她的!

她盯着炉火,随后又转而凝视着莱西,目光久久不移。终于,她开口道:"那好,如果她一定会从我这里被带走,丹——那就长痛不如短痛。哦,假如她真有主人的话!事情一定要弄明白,对吗,丹?你四处打听一下吧。"

老人点着头,"这倒是一个诚实的方法。"他说,"明天我就到城镇上去到处询问。"

"不,丹,今天就去,立刻马上。如果事情不弄清楚,我的内心就永不得安宁,根本无法入睡。今天就进城四处打听一下吧,假如她一定要走,就让她走吧。但是倘若她并没有什么主人的话,那么我们也算尽职尽责、问心无愧了,这样就可以名正言顺地把她留下。"

老人吐着烟雾,妻子在他耳边一刻不停地劝说,直到他同意当天进城为止。

中午时分,老人出发了,顺着大路慢慢地向四英里之外的城镇行进。妻子在摇椅中摇晃了一整个下午。有时候,她会踱步到门口,顺着公路望去。

于她而言,这个下午过得极其漫长,每分每秒都仿佛经过了一个世纪。傍晚将至,她终于才听见脚步声,门还没有开,她就急不可耐地问道:

"怎么样?"

"我四处打听了一遍——到了所有的地方——似乎并没有

谁丢失爱犬。"

"那么她就是我们的了!"

妻子高兴得眉开眼笑,看向这只尊贵高傲的狗。狗仍旧骨瘦如柴、纤细干瘪,然而对她而言,这就是一只完美无疵的犬科动物。

"她是属于我们的。"她反复说着,"我们已经给过他们机会了,现在她是属于我们的!"

"好了,戴莉。或许他们会偶然经过这里然后看见她,所以先不要……"

"现在她是我们的。"妻子不为所动,固执地重复着。

她在心中暗下决心,绝对不让狗的主人经过此地看到这只狗。她会做得到的。狗就是应该安静地留在小屋内,陪伴在她身边。她绝对不会让狗在外面四处乱跑,以免被恰好经过的可怕的、不知名的主人看到!

第十八章　最高尚的赠予——自由

莱西卧在毛毯上。她在新的家庭里已经度过了三周的日子，身体已经逐渐恢复，各个感官也慢慢回到正常的状态，敏锐一如从前，而且肌肉也几乎和以前一般强壮有力。

而其他的事情也渐渐回到她的身上。当她虚弱罹病的时候，这些事情似乎都被抛到九霄云外。然而现在，随着健康状态的复原，它们又在她的心里日渐萌发、逐日生长——固执而迫切。

她生命中的驱动力苏醒过来，她便从此整日不得安宁。

这种焦躁不安、心神不定的感觉一到下午便愈发明显、尤为严重。当钟表的指针慢慢靠近四点的时候，这种感觉让她更加发狂。

这就是时间概念。

到时间了——到时间去——去校门口接男孩了！

莱西站了起来，走到门口，抬起头发出"呜呜"的哀鸣。

"哦,好了,小丫头!"

传来了老妇人的声音。

"我已经牵着你在外面美美地散过步了!所以你不必再出去了,过来休息一下。"

然而莱西并没有服从这一命令。她用鼻子推着门;然后走向窗边,前腿搭在窗台上,后腿直立地向外去;紧接着四肢落地,走回到门口。如同一只困于笼中的动物一样,她开始在屋内踱来踱去,永无停歇。从窗边走到门口,再从门口返回到窗边,如此往复。脚底在屋内的石质地面上不停地踏着,脚趾触地的咔嗒声如同老妇人缝纫的穿梭声那样,带有节奏感。

一个小时后,莱西不再来回踱步了。她慢慢地走到炉火旁的毛毯上。那段焦躁不安的时光已经过去。她趴在那里,双眼一眨不眨,凝视着壁炉中燃烧的火焰。

动物是依靠习性的生物——然而新的习惯是可以形成的。这个新的家庭就为莱西提供了一个忘记从前、满足现状的绝佳机会。这对生活简朴的老夫妇全心全意地待她,而她也对他们百依百顺。当他们发出呼唤时,她就会走过去,任凭他们轻柔抚摸。

可莱西是一只自制能力很强的狗,她仅仅在自己唯一的主人那里才会这般温顺从容——然而主人并不在这里。

莱西并未将主人忘记。相反,随着健康状况的日益恢复,有关过去的记忆涌现得越来越多,每天下午踱步的持续时间也越来越久,她愈发焦虑、激动不安。

这对老夫妇观察到了她那异乎寻常的行为。老妇人对出现在她生命里的这个新伙伴格外珍惜,每时每刻都在注意着她的举止行为。每天下午,莱西在门与窗之间固定不变的徘徊都闯入了老妇人的视线中,她不会视若无睹。

她多么希望、甚至幻想这只狗将外面那个世界忘掉,而心满意足地待在这间矮小简陋却舒适温暖的小屋里,与鸡鹅做伴。然而最终,她意识到了任何努力都是徒劳,因为莱西不再进食。她便彻底醒悟过来。

一天夜晚,她静坐了很久,最终打破沉默,开口说道:

"丹!"

"怎么了?"

"她在这里不开心。"

"开心?谁不开心——你在说什么?"

"你清楚我在说什么。何赛芙(Herself),她不开心,她很烦躁。"

"噢,你又在瞎说了。你过于担心她了。每次何赛芙只要眨一眨眼睛,你就会猜想,她是得了麻疹还是瘟疫又或者是——什么莫名其妙的疾病。"

老妇人的目光投向何赛芙——他们共同为莱西命的名,然后摇了摇头。

"不是,并非你想的那样。我没有告诉过你,丹,近三天来,她都没有进食。"

老人将眼镜推上前额,仔细端详着莱西,随后看向年老色衰的妻子。

"好啦,好啦,戴莉。没事的。是你喂她太多了。所以,她才对如此丰盛的餐食嗤之以鼻,没什么好奇怪的,就是这样。"

"不,这并不是胡说八道,丹。而你也对此心知肚明。要不然,你怎么会在每天晚上临睡前带她散步时,总是用一根皮带将她拴得紧紧的呢?"

"呃,这么做是为了防患于未然——哎,等到她对这里习惯了,视这里为自己的家以后,就不用如此大费周折了。现在如果我不拴着她,任由她到处乱跑,她也许就会迷路,并且这一带偏僻地区于她而言有些陌生,她就会无法找到回去的路,还有……"

"啊,你也知道自己在瞎编,丹。就像我一样,你心里也十分明白,假如给她自由,她就会立刻跑掉,把我们孤零零地留在这里,再也不会回来。"

老人沉默不语,妻子继续说道:"她并不开心,丹。你不像我那般对她上心——每天下午,我都会看见她从窗边走到门口,再返回去,毫无停歇之意,我想她会一直走下去,直到石板路上出现一条印有深深脚印的小路……"

"噢,不会吧,那只是狗想要出去散步的表达方式。"

"不是这样的,丹。我曾试验过。我牵着她出去散步——而她却不是喜出望外地跟在我后面,也并非不顺从。事实上她很顺从,丹——你知道我的想法是什么吗?"

"是什么?"

"就是她之所以如此顺从,是因为她对我们感到亏欠。我们待她不薄,而她也不想伤害我们的感情,因此她在我们面前隐藏着真实的情感。她太懂礼貌了,除非我们对她说'走吧',否则她就不会离去……"

"哎,算了,狗的大脑中根本不会装满那么多的事——像人类一样……"

"不,我的何赛芙就是这样,丹。你根本不了解她。丹!"
"哦?我怎么就不了解了?"
老妇人压低了声音。
"你很清楚,我懂这只狗,知道一些她的事情。"

"你知道什么?"

"丹,她要去某地,并且她还在半路上。"

"噢,够了,亲爱的,你的脑袋里都装着什么荒诞不经的想法!"

"我不管你怎么想,丹。我明白——我和何赛芙,我们都明白。她正在奔向某地的路上,丹,途中她疲倦了,就恰好在我们家这里停了下来,我们家仿佛是一所医院——或者如同故事中描述的是一家路边的小客栈。如今,她恢复了健康,继续向前赶路的意愿也一并恢复了过来。但是她很懂礼貌、善解人意,不忍伤害我们真挚的情感。然而她的内心热切地渴求着离开,所以她在这里不开心。"

老人默不作声,轻轻弹了弹手掌中黏土烟斗的烟灰,聚精会神地注视着莱西。最终,他开了口:

"是啊。"他说,"好吧,戴莉。好吧。"

有一群人,他们内心丑陋且胆小如鼠,当一只口渴难耐、干透的下颌上尽是斑斑唾液的狗映入眼帘时,他们就一定会逃窜开并毛骨悚然地大叫道:"疯狗!"还有一群人,对于他们来说,所有经过身边的狗全都是敌人,全部都要遭遇石头的袭击。然而,让这种犬科动物感激不尽的是,世上还有另一群人,他们爱心洋溢、通情达理,在人与狗的关系之间,表现出了尊敬与仁义。

而这一对老夫妇就属于最后那一类人群。次日下午,他们坐在家中,注视着狗的行为举止。当时针即将指向四点的时候,莱西站了起来,他们的眼神追随着她,片刻不离。

当莱西在门口哀鸣、又踱回到窗边的举动为老夫妇所见时,两个人都叹着气。

"算了。"老人黯然说道。

两个人的交流仅有这些,随后他们站了起来。老妇人打开了门,夫妇二人一齐跟在莱西后面,向大路走去。

有那么一刻,莱西驻足不前,似乎还没有意识到自己梦寐以求的愿望终于能够实现了。她回头望向曾经用那样一双手轻拍她、爱抚她、喂养她的老妇人。

一瞬间,老妇人有种想要唤回她的冲动——把莱西召唤回来,然后再努力让她摆脱掉过去的记忆。然而她只是饱含真诚地抬起头,用沧桑的声音清晰地说道:

"没有关系,亲爱的小狗。如果你一定要离开——那就放心地走吧。"

莱西从老妇人的话语中听见了"走"这个字眼,这正是她朝思暮想的事。她转过身,像告别一样,最后向夫妇二人瞥了一眼,随后便头也不回地出发了——没有沿着大路东上,也没有顺其西下,而是径直跨越田地,她再次回到了向南行进的轨道上。

她一路小跑——如此这般步伐曾使她勇敢无畏地横穿苏格兰的高地。步伐的节奏既不快也不慢,它从容稳健,可以横贯数英里的路程、连续不断地奔跑几个小时。就这样,她离开了,穿越田地、翻过高墙、冲下山坡。

在公路的尽头,老妇人仍然伫立在那,嘴唇紧闭,神情严峻。她挥动着手臂,轻轻说道:

"再见了,何赛芙。再见——愿你一切顺利。"

莱西在他们的视线中消失了良久,可老妇人仍旧意犹未尽地站在那里,丈夫用手臂环绕着她的身体。

"外面真的是雪窖冰天啊,戴莉。"他说道,"我们最好还是回去吧。"

他们一起回到那间小屋,生活又重新回到了原来的轨道上,一平如镜。老妇人备好了简朴的晚餐,把灯点亮,夫妇二人坐到了桌旁。

然而他们谁也不吃。

片刻后,老人抬起了头,带着怜悯的语气说道:"戴莉,今天晚上我把灯搁置到窗台上。或许,她只是偶尔想到外面来一番长跑,如果她想要找到回家的路……"

他知道,狗再也不会回来了,但他认为这样告诉妻子或许会令她好受一些。可是,话还没说完,他就停住了,因为当他抬起头,看到妻子正在低着头掉着眼泪。他迅速站起。

"好了,不要哭了,戴莉。"他安慰着,"乖,别哭了!"

他双手揽住妻子,安慰地轻拍着她。

"嘿,别再使自己烦恼了,戴莉,听好,我告诉你接下来该怎么办。我已经存了几先令,再拿出几个鸡蛋卖掉——然后我就到市集上去,我知道有一个地方卖狗,我会买一只送给你,可以吗?一只漂亮的日夜伴你的小狗,一只永不想逃的小乖狗。"

"哎,何赛芙实在太大了,她——不管怎样,个子大的那些家伙所需的食物真的太多了——而且,而且……一只漂亮的小狗……"

老妇人抬起头,有一句话堵在喉咙、呼之欲出——即一个爱狗者在爱犬离去后常常会说的话:"我不想再要别的狗!"

然而为丈夫着想的她还是将话咽了回去。

"是,饲养她的确花销不少,丹。"

"当然了。而一只小狗——或者一只小猫,就几乎不会让我们破费多少……"

"对了,我们养一只猫吧,丹!如果你能为我买一只漂亮的小猫,该有多好!"

"好——一只蜷缩在地毯上、陪在你左右的小猫。就这么决定了!我为你买一只可爱又漂亮的小猫——全世界最美的、所有人都想要的小猫。怎么样?"

老妇人抬起了头。

"啊,丹尼尔,你对我真是太好了!"

她擦拭着泪水,破涕为笑。

"哎,毫无疑问,我们对所有事情都太过担忧焦虑——并且现在饭已经凉了。"他说道。

"噢,我不想吃,丹。"

"那么,就美美地喝上一口茶吧。"

"好的,喝一口茶。"她说道,"一杯好茶会让我们都振奋起来。"

"会的,的确如此。到了星期日——我们就会拥有一只你前所未见的最美的小猫,好不好?"

老妇人的面容上绽放出灿烂的微笑。

"好,真的太好了!"她说道。

第十九章　与洛利为伴

洛利·帕默（Rowlie Palmer）刮过胡子后，将那把样式过时的剃须刀清洁干净。他身材矮小，个性活泼，不知何故，红润的面颊上看起来好像遍布"纽扣"：双眼像纽扣，风雨侵蚀的双唇像纽扣，前额与下颌上零散的凸起处与疣子也像极了纽扣。

而他的这种纽扣共性同样在穿着上有所体现。他身着一件针织羊毛外套，上面的珍珠贝纽几乎云云密布，占据了所有空隙。毛外套之外还有一件衣袖为皮革材质、款式奇特的灯芯绒短夹克，上面星罗棋布地缀满铜扣，如果靠近去观察，就立刻会完全看清，这些纽扣是从皇家军队的紧身制服上拆卸下来的。

洛利的面貌与装扮在英格兰的北部区域是人尽皆知的，因为他是一个以贩卖陶器为生、走南闯北的小商贩。他居住的地方是带有篷顶的上面载有货物的四轮马车，顺着大路日日驱动着缓慢前行。一旦走到村庄或城镇上,他便拿出一根牢固结实的短木棒,敲击着最大尺寸的一个陶碗——一个拥有黄棕色釉面的巨大陶碗。产生的回响如同巨钟的轰鸣,音色圆润、丰富和谐。

紧接着,洛利提高了音量,高声吟唱叫卖着:

> 陶器商帕默来喽!卖陶器喽!
> 陶碗、陶盆、陶罐,应有尽有!
> 备好零钱,不白送哟!
> 陶碗、陶盆、陶罐!

他喜欢在走进英格兰以北的一座座小镇时,用力地敲击那个硕大无比的陶碗,以制造出声势浩大的氛围。如此这般得意扬扬地猛烈敲击,洛利是有两个缘由的——其一是宣布自己的到来;其二是向外人展示他所卖的陶器的结实程度是经得住考验的:在如此猛烈的重击下,碗也不会碎裂。

每年他都会在这条道路上经过。当一车的货物所剩无几时,他便会绕回家乡的小村庄。那里住着他的哥哥马克(Mark),专制陶器。当洛利回到家时,马克总会在巨大的生产间制作着各类陶器,样式古老陈旧,然后从转动着的陶轮中抬起头,向弟弟点了点头表示招呼。当洛利再次离开家时,马车上就会装满大小不一的陶器:小型的器具可以作为小孩喝粥用的碗,而直径几乎三英尺的大盆,是英格兰以北的家庭主妇喜欢用来揉面的大型器具——也经常用来为婴儿洗澡。当这些黄棕色的、釉面粗糙而发亮的陶器载满整辆马车时,洛利就会动身出发了。"好了——我启程了。"他会这样说道。

这时马克便抬起头点了点——然后又投入到辛勤的劳动

中去。

就这样,洛利开启了叫卖的旅程。他沿着自己熟知的路线,日行夜宿。夜晚就将那匹名叫贝丝(Bess)的马拉到路旁一处较好的地方露营。

在这辆马车上,洛利过着舒适安逸且幸福快乐的生活,马车之内彷如一个完整的家,应有尽有。令人难以置信的是,在如此狭隘的空间里,一切都被安排得紧密有序,充满着温馨浓郁的生活气息。洛利对顾客最大的恩惠,就是请他参观自己生活的这片小天地。即使是最持家有方的妇人,在看向车内的一刹那,也会惊叹于里面一尘不染、紧凑有序的优质环境。

车内,每一件物品都有属于自己的位置。有专门放置洛利的剃刀之处,有专属洗脸盆的位置,还有专用于悬挂毛巾的小横杆。

整理好简易的小床,吃过早餐,洛利收拾好餐盘后,便将贝丝套上马具,将装有燕麦的袋子悬挂在篷车之下,随后跳上马车前座。

"嘿,驾!贝丝!"他这样吆喝道。

一旦叫卖的旅程完全开始了,洛利便从行进的马车前座上一跃而下,跟在旁边走。在他看来,贝丝已经承受了足够多的重量,他不想再为他的爱马增添额外的重担,而且他很喜欢走路,只要天气不是太过恶劣。

而此时,天气晴好,地面之上轻薄的晨雾仍然飘浮着,洛利一边行进,一边吟唱:

> 噢,爸爸,我的爸爸,请为我掘一座坟墓,
> 用你花园里的那把铁铲,

> 再在那顶端放一只斑鸠,
> 让他们知晓我为爱而亡。

这支歌很悲情,但是洛利毫不在意。事实上,他并没有意识到歌词的寓意,而只是借助自己的歌声,与孤独寂寞的生活相伴,走过一座又一座城镇。一路上他仅仅只有两名同伴——贝丝和托茨(Toots),而托茨——在洛利看来,才算真正意义上的伙伴。此刻,这条小白狗正坐在她的专属座位上。或许她是一条哈巴狗,或是猎狐狗①,或是博美犬②,又或是斯凯狗③;总而言之,她的身上综合了这些犬类的所有特点。

托茨几乎与洛利一样远近闻名。她可以抬起前腿,直立的后腿站在一个反扣的碗上,同时鼻尖还会平衡一只更小的碗;她也可以跳到木球上,一边滚动着球一边走动,且不会失去平衡;此外,她还会从地上拾起硬币,全部交给洛利;而且,钻圈也是她所擅长的把戏。

每当洛利走到一座村庄时,都会带着托茨一起表演节目——他不会像江湖郎中那样仅仅为了敛财,而是单纯地喜欢那群围观的孩童愉悦的神情和欢快的笑声。

在城镇之间的道路上,托茨就如现在这般,正色庄容地坐在驱车的座位上,望向前方的大路;而洛利则吟唱着那首有关村中少女不幸的忧伤之歌。

---

① 猎狐狗:别名英国猎狐犬。身高58~69cm,体重25~34公斤,雌比雄稍小,其祖先是圣·休伯特猎犬。——译者注
② 博美犬:又称波美拉尼亚犬。是一种紧凑、短背、活跃的玩赏犬,德国狐狸犬的一种,原产自德国。——译者注
③ 斯凯狗:一种苏格兰种长毛短腿猎犬。——译者注

然而他的心思并不在歌词上,而是和往常一样,万分警惕地观察着四周的一切。由于常年在外奔波宿营,洛利对周遭的环境了然于胸。他清楚喜鹊筑巢的地点、燕子归来又离去的时节。并且他可以瞬间捕捉到一闪而过的红狐的身影,在这片地区,尚且没有哪位猎手的视觉比他还敏锐。

这天清晨,他仍然一如既往地保持着警觉,双眼迅速扫视田野,突然停止了吟唱。他走到前进中的篷车的另一边,站到车杆旁的踏板上。就这样,他身体紧贴篷车前端,一边驱车前进,一边凝神观察。终于看清了,原来是只狗,正沉稳从容地穿越田地,转而向大路走来。

她果断地走了过来,没有半点犹豫——似乎将篷车视为自然界里的一部分,就像一棵树或是一只鹿一般不足为怪。洛利注意到了这一点,于是他躲藏起来,不让狗发现,同时喃喃自语道:

"现在我倒要看看你在玩什么把戏,嗯?"

狗越326走越近,直到穿过一片毫无遮挡的沼泽地,悄无声息地来到大路上,此时篷车正经过她身旁。

"喂,你想做什么?"洛利大声质问道。

狗抬起头看了他一眼,又迅速穿过壕沟,走到沼泽地上。

"嗯?你不喜欢和我搭伴儿?"洛利问道。

他从篷车的踏板跳到地面上,继续行进着,目光一刻不停地追随着那只狗。此时狗正在他的左侧,几乎与车辆并行。然而前方是一条溪流,硬生生地拦住了她的去路。于是她只好重返大路,因为上面有一座过河的桥。

洛利爬到车里,当他再次爬出的时候,手中握有少许小块猪肝。托茨抬起鼻子嗅了嗅,难以名状的尾巴不停地摆动。

"这可不是给你的,我的小丫头。"洛利说道。

他的目光继续锁定在那条狗身上,她应该与四轮马车同一时间到达桥头。

"好,这一次我们会装作对你毫不在意。"他大声说着。

随后,洛利再次精神抖擞地引吭高歌:

> 年老的爸爸曾经常对我说,
> 我有几句良言,说给你听。
> 因为你好天真,好愚钝……

然后他转而对那匹马说:

"嘿,注意脚下的路,当心,贝丝。哦不,别掉到壕沟里面。到这边一点,这就对了!"

接着,他又高声吟唱着:

> 你的头脑中装得满满当当
> 但那肯定不是智慧之光。
> 仅有一次你稍显聪颖……

洛利就这样一边高声歌唱,一边控制马车的车速,当他到达桥头的时候,狗也慢慢接近了。他继续卖力地高唱着,假装对她毫不在意。这时狗停住了脚步,似乎在让洛利先通过,而洛利并未回头,只是挥动着手中的几块小猪肝,为了让香喷喷的味道飘散在空气中。他佯装一副漫不经心的样子,丢下了一小块。过桥之后,他微微侧过头,观察狗接下来的举动。

此时,莱西正在身后的桥上,缓慢地走向那块猪肝。空气中肉香四溢,唾液腺因饥饿感的刺激而分泌出大量口水,充满了她的口腔。她靠了上去,低下头嗅了嗅。

然而长久的训练依然无时无刻地警醒着她。曾经,山姆·卡拉克拉夫对她谆谆教导决不要捡食地上随意丢弃的食物。至于他的训练方式,则是将一小块肉随意地丢在各个角落——肉中掺入了火红的小辣椒。在还是幼畜的时候,莱西就尝过这类肉块的滋味,很快就发现里面似乎包裹着燃烧着熊熊烈火的一团团火球。在她的口腔感到火辣辣的同时,还传来主人痛斥的声音。

"这种做法的确十分残忍。"山姆·卡拉克拉夫曾经这样对儿子说道,"可这也是我唯一能想到的训练方法了——我宁愿让爱犬尝到辣椒热辣的滋味,也不想看到一手养大的她被哪个恶棍在肉里投毒致死。"

因此莱西便深深铭记了这个"血淋淋"的教训。

狗绝对不能乱吃随意丢弃的食物,一点儿也不可以!

然而此时,心中的饥饿感相较训练的记忆更胜一筹。她耸着鼻子,鼻尖触碰着那块猪肝。突然,她果断转过身去,毅然决然地离开香喷喷的猪肝,通过了桥。

前方的洛利·帕默走在篷车旁,点了点头。

"这只狗不赖,训练有方。"他说道,"我的小乖狗,你做得很好,不过我们还要瞧瞧……"

于是洛利一边行进一边吟唱着,同时手中的猪肝在空中不停地舞动,一股浓烈的、使人愉悦的香味久久飘散,弥漫着四周广阔的空间,狗也理所当然地嗅到了这令人垂涎欲滴的味道。

在这种难以抗拒的诱人气味中,莱西紧随其后。刚通过桥,直觉便提醒她必须再次离开大路,继续穿行在田地里。然而她对这种甜美香浓的肉味又难以割舍,于是她便穿过沟渠,一路小跑,悄无声息地跟在后面,与大路上的马车一并前进。

洛利·帕默对坐在座位上的托茨欢快地唱道:

> 有一只狗她羞涩无比又谨小慎微,
> 但我认为她会一点一点儿向我们靠近。
> 噢,或许她的内心恐惧与谨慎占有一席之地,
> 但是我们会帮助她来克服畏惧。

"这首歌的节奏如何,托茨?呃,你希望有一个小伙伴。好的,我们会实现你的小小心愿。"

洛利·帕默就这样顺着大路向前行进。有时,他回过头,还能看见柯利牧羊犬在田地里静静地跟随;有时,她会在视线里消失很长时间。但是她总会重新露面,受美味食物的吸引,稳步跟在马车之后,而且每一次的出现距离马车都会更近一些。洛利则假装对四周的一切都毫不在意。

整个上午,篷车都在这片荒凉平坦的地区马不停蹄地向前走着。正午时分,太阳高悬在空中,洛利·帕默将马车赶至路边停了下来。他转身看了看,狗也跟着停驻不前了。

"到了吃午饭的时间了,托茨。"他说道。

他迅速拿出一个小火盆生了火,把水烧开又沏了一壶茶,再把一罐炖肉加热,然后将猪肝切碎,放入一个小碗中置于托茨面前,自己才开始吃饭。自始至终,他都在观察那只柯利牧羊犬,那只越靠越近的柯利牧羊犬。洛利便夸大了动作幅度,故作炫耀地喂托茨一点食物。他注视着20英尺以外的柯利牧羊犬,只见她的目光跟随自己手部的动作反复移动。托茨这时突然向她吠叫起来,声音尖锐,一遍又一遍,洛利

急忙将其制止住。

最终，洛利吃过午餐，站了起来。

"好。"他说道，"我们也会玩玩花样儿，对不对，托茨？我倒要看看你到底吃不吃。"

他从车上囤积的货物中取出一只浅口的碗，里面放少许猪肝，然后好像数十年如一日地做同一件事那样，漫不经心地走到距离柯利牧羊犬约10英尺的地方，放下了碗。

"这份是你的。"他说，"都吃了吧。"

莱西看着他回到火盆边，在他似乎没有在意的时候，从座位上站起身，缓缓靠近那只碗。

狗绝对不能吃随意丢弃的食物，一口也不行！

然而这一次不同，它并不是随便丢弃在地的食物，而是置于碗中。这样才对，食物应该放在碗里。当人类将装有餐食的碗或盘置于面前时，就意味着狗尽可以放心食用，无需担心害怕，并且里面也不会有热辣燃烧的火球。

莱西轻轻俯下身，用门牙拾起一小块肉，迅速吞了进去。进食的快乐再次将她包围，她沉浸其中，大口吞噬着，一副饥不择食的模样。将碗中的食物横扫而空后，莱西又将碗舔舐干净，随后便席地而坐，看着洛利，似乎在说：

"嗯，作为开胃菜，味道的确可圈可点，不过正餐在哪里呢？"

洛利摇着头，提高音量大声说道：

"啊，没有吃的了。如果你还想要什么吃的，就跟我走吧。我不是说过关于狗我们都略知一二吗，托茨？我把食物放在地上，你就坚决不吃！是谁将你训练得如此优秀，我的柯利牧羊犬小朋友？可把它放在碗里，你便吃了——秘密就在这儿。做得漂亮。好，我们该启程上路了！"

他取下挂在贝丝口部的粮袋,将火盆倾倒一空,又小心翼翼地踩灭火花,再把所有物品收拾整洁干净。整个过程,洛利都在用眼角的余光扫视着莱西,只见她仍静静地坐在那里,似乎在等待奇迹的发生——一轮丰盛的大餐再次启幕。整理妥当后,洛利·帕默再次启程了。他心情愉悦地哼着小调,注意到这只柯利牧羊犬正跟在身后;此时她不再行走在田地间,而是紧紧跟在篷车后面。距离并非很近——可是洛利对此丝毫不在意。他十分清楚,以后柯利牧羊犬就会渐渐接近的。

于是他欢快地唱着:

他们要将我的脖子吊起,直到死亡,
是的,他们要将我的脖子吊起,直到死亡,
他们将要把我拖下床去,
押解到绞刑架的一旁,
而且我将被悬挂在空,直至逝去
——你那该死的眼球长到哪里去了!

数日以后,莱西仍然与洛利·帕默一同行进,她一路小跑,与载满陶器的篷车始终保有几英尺的间距。而洛利曾试着教导她在车后轴的后方跟随,就如同在轻便马车年代,训练有方的达尔马西亚狗[①]那样跟在马车之后奔跑;可是莱西拒不接受,依然故我。

---

① 达尔马西亚狗:原产地南斯拉夫,起源于 15 世纪。19 世纪英国及法国贵族把它作为马车的护卫犬,跟随在马车的前后奔跑,为此也有人称其为马车犬。——译者注

进入村庄之后,莱西对砰砰的敲击声和售卖商品的吆喝声无半点好感,但她似乎都可以忍受,并且清楚这些嘈杂的声音不会持续太久。只要洛利向南行进,她就会感到心满意足。有一次,在一个道路的岔口,洛利正驱车向东走去,隐约中他感到动物大家族中有某位成员脱离了队伍。于是他向后望去,发现莱西正坐在交叉路口,停止了前进。

洛利每叫她一次,她就仅仅向前蹭了几步,随后便转身返回,坐在地上。

最后洛利相持不过,只好认输。他爬上马车前座,命令贝丝掉过头去,向南方的岔路进发。

"嘿,我可以走曼利普那条路,也可以绕过戈德西。"他亲密友好地说道。

不久,他转向托茨。

"你看,一个处在'女人'之间的男人有多可怜,你,贝丝,还有'女王陛下'。我一个男人和你们三个'女性'待在一起,这是什么运气?贝丝想向北走,因为家在那个方向;'女王陛下'想向南走——毫无疑问,她想避开瑞维埃里亚的冬季。而你呢——唉,只要与我相伴便会心满意足。是的,托茨,只有你心甘情愿地陪在我身边,对我不离不弃!"

小狗托茨听到这番话后,摇了摇那不弯也不直、不疏也不密的小尾巴。

眼下的生活美好而惬意。马车沿着北国人迹罕至的荒僻小径一路向前。这里远离主要公路,没有货车,没有卡车,也没有洛利无比厌恶的各类机动车辆。在这样舒心的环境中,洛利一边前进一边放声高歌。

"好了,'女王陛下',请问我们这群平民可以做一点在您看来稍显粗俗的小生意吗?"

洛利对跟在后面的莱西说道，然而她只是自顾自地向前走着，对他所说的话没有做出任何回应。

"我明白，'女王陛下'。"洛利谦卑恭敬地说道，"让您听见有关金钱银币的事情会有损您尊贵的双耳的圣洁。但是我们这些粗俗之辈需要生存，所以倘若您不介意——我和托茨就去赚点小钱。"

洛利对自己这一虚构的想象感到十分得意，他摘下帽子并举起，向莱西深深鞠了一躬。随后，他转向篷车，取出最大尺寸的碗和那根短木棒，用力地敲击着，向村中第一户人家走去。

如同巨钟轰鸣一般，浑厚悠远的声响回荡在村中，洛利提高音量大声叫卖着：

> 陶碗、陶盆、陶罐，应有尽有！
> 备好零钱，不白送哟！
> 陶碗、陶盆、陶罐！

村中妇女络绎不绝地走出家门，群集而行。洛利将篷车停在村庄的中央向她们表示着欢迎。妇女们拿起车上的陶器，一边和他开着玩笑，一边商讨价钱。

"这些陶器可是世上最结实的，怎么都摔不碎！"洛利得意地卖弄着。

"可是去年我在你这里买了一个就摔碎了。"一位妇女高声驳斥道。

"哎，偶尔也会出现一点儿瑕疵嘛。"洛利回道，眼中闪过一丝微妙的光亮，"假如我把所有的陶器都做得坚不可摧、攻无不克的话，你就不会想买新产品了，那么我也成了无业游民了。"

他故作炫耀地眨了眨眼,妇女们尖叫着笑了起来,彼此用肘轻轻推了推,说道:"嘿,没有人会像他这般油腔滑调的,这个陶器商帕默!"

一番交易结束后,洛利开口说道:"好了,现在谁想瞧瞧小狗演员的精彩表演啊?"

听到这番话,孩子们便欢呼雀跃地叫喊起来,兴趣盎然地拍着小手。洛利从篷车里取出表演道具,摆设完毕后,托茨便从座位上机敏地爬了下来。洛利拍着手,然而出乎他的意料,什么也没发生,那只小狗只是静静地坐在那里等待着。

"怎么了?"洛利问道,"你在等着谁?哎,我知道了,因为'女王陛下'还没有大驾光临。嘿,说曹操曹操就到,你看,'陛下'姗姗来迟了。"

经过洛利的悉心指教,莱西闲庭信步地走到公众面前,坐了下去。洛利给予她一小块猪肝作为酬劳。"好了,现在'女王陛下'终于莅临演出现场,我们的表演就可以拉开序幕了,对不对?"他滔滔不绝地说着。

一看见洛利的手势,托茨便无比兴奋地吠叫着,开始展现她的看家本领:跳起并穿过铁环、通过叫声报上年纪、形象逼真地假装死狗、从众人里挑选出最美丽的女孩——不过这些都是在洛利的暗号之下才尽显神奇的。而她用以压轴的绝佳好戏,便是口中叼有一面袖珍国旗的同时,还能在木球之上行走自如。

"难道这只柯利牧羊犬不参与演出吗?"一个小孩大声问道。

"哦,算了,你不会希望'皇室成员'也登台献艺吧,是不是?"洛利回道,"但她看上去确实像在静坐示威。"

他把托茨抱在臂弯,走向莱西。

"你想不想展现点什么给大家看?"洛利问道。

莱西双眼一眨不眨地坐在那里。

"可不可以在明星演出结束后,将东西都收拾好呢?"

莱西仍然纹丝不动地静坐在地。

"把道具都收拾好了!"洛利发出雷鸣般的声音,强烈命令道。

可是莱西仍然不为所动。孩子们欢快地尖叫起来。洛利故作沮丧地抓了抓头皮,忽然,眼中闪过一丝光亮。他向孩子们伸出手指,做出安静的手势,随后转向莱西。

"劳驾您,'女王陛下',就算帮鄙人一个忙,请您将道具都收拾妥当,可以吗?"

这一次,他一边说一边做出请的手势——因为单纯依靠语言是无法奏效的——这时莱西才傲慢地站起身,用细长的鼻子将木球一一推至篷车旁边,再分别拾起地面上四处散落的铁环,堆在马车的门边。洛利向她深鞠一躬以示感谢,而莱西则仿佛刚刚醒来一般,动作生硬地伸出前腿,回以弯膝礼。

"你们都看到了吧。"洛利对那群孩子说道,"要时刻记住说'请'这个字,你们才会在这个世上获得更多。好了,我们该启程了。不要忘记陶器商帕默。明年我会再回来的,告辞了!"他挥挥手,说道。

马车在村里人们的挥手送别中渐行渐远,重新踏上了漫漫旅途。洛利开始兴高采烈地引吭高歌,托茨紧紧盘绕在马车前座上,贝丝也在不辞辛苦地拉着车稳步缓行,而莱西则心不在焉地跟随在马车之后,一路小跑着。队伍重归旅途,这让她十分高兴。莱西讨厌在村中久久停驻、逗留叫卖,也着实不喜欢那场自己仅担任小配角的演出。她不像托茨那般酷爱表演、急不可待地展现自己的看家本事。托茨天生就是一只热衷于表演的狗，然而莱西并不是那一块儿料。

洛利·帕默对此了然于胸。他看着躺在车上、睡意朦胧的托茨。

"没错，她在其他方面会很优秀——可是她永远不会和你一样聪明，是不是，我的小甜心？"

托茨听见后兴奋地蠕动一下，也就是摇了下尾巴。

洛利吃过晚餐后，准备再次启程。

"噢，我知道，你不愿意再向前赶路了。"他对贝丝说道，"可是这一次长途漫漫，我们必须要再走一段路，才能到达下一个村庄。而且现在天色还早呢。"

洛利再次抬起头望向天空，一轮皓月正悬于天际，可是空气中也夹杂着一丝冷意。

"假如我没感觉错的话，细雨不断、道路泥泞湿滑的时节就要真正来临了——冬季也随之不远了——到了那个时候，我们就必须掉头回家了。所以今天晚上我们得加快步伐，好多走些路。"

他将马车赶至大路上，贝丝沉稳地向前行走，马蹄踏在坚硬的地面上，发出达达的声音；托茨酣睡在马车的前座上；莱西在马车后步伐轻快地碎步小跑着，再次启程使她的心情如沐春光，灿烂不已。

洛利在心中暗暗思考：再行进四个小时，于十点钟之前，他就应该到达艾普顿（Apden）森林旁温暖舒适的露营地。到那个时候，天气会更加寒冷。他会在火盆上烧开一壶热腾腾的茶水，暖遍全身、恢复元气后，再安然入睡，次日清晨又会神清气爽地迎着朝霞上路了。

第二十章　勇斗恶徒

皎洁的月光如薄纱般洒向大地,将万物映衬出朦胧的轮廓,在昏暗的树影之下,两个男人沿着大路走来。

"那好,如果你不愿意,斯尼克斯(Snickers),你自己就看着办!"声音出自一个身材高大、魁梧健硕的男人。那宽阔的双肩明显地凸起,充涨着鼹鼠皮质的夹克外衣。他将鸭舌帽压得很低,遮住了那张下颌方正、宽大辽阔的脸庞。而被称作斯尼克斯的男人身材矮小、面容瘦削、鼻翼细长,一滴晶亮的鼻涕悬于鼻尖上,似乎无论如何也无法将其擦拭干净。

"你真让我头疼,斯尼克斯,我说得一点没错——你无时无刻不在怨天尤人,就像这个世界对你有多亏欠一样。我让你做我的同伙——带你闯荡江湖——真切期盼你能够发家致富,而我从中得到什么了?可你却一直怨声载道,要么疲惫不堪、要么脚部疼痛、要么寒冷难耐,你这个样子真让我生厌!为什么不能忍一忍呢,将来你可是个有钱人……"

"巴克尔斯（Buckles），看那！"

高个子停止了他口水四溅的激动"演说"，不再滔滔不绝地倾吐苦水，而是顺着同伴手指的方向看去。黑暗的夜色中，一丝微弱的光亮在隐隐闪烁。巴克尔斯将手背慢慢在嘴边擦了擦，环顾四周，发现路边树上有一根粗壮的枝条。他抽出小刀，猛烈挥砍着，将多余的粗枝乱杈削除。一番修理后，他满意地将棍棒拿在手中掂了掂，而斯尼克斯也照做不误。

一切都在静默无声地进行着。巴克尔斯只是甩了甩头，示意同伴可以展开行动，两个人便鬼鬼祟祟、轻手轻脚地顺着大路悄然前进。五分钟之后，他们走到一处灌木丛中藏住身体，一股木材燃烧的气息迎面向他们吹来。

"陶器商帕默。"斯尼克斯压低了声音，念着马车上的标志，"原来是一个走街串巷的小商贩，我们赚到了。"

"小商贩。"巴克尔斯低语道，"那他身上一定有不少家当。"

"这是一定的，巴克尔斯。像他这样居无定所的人只能将钱财随身携带着。"

"那就立刻动手吧！"

巴克尔斯站了起来，开始蹑手蹑脚地向前挪动。然而还没等他走出十步，就传来一阵犬吠，那是狗察觉出异样而发出警告的声音，叫声沙哑、充满挑战性，划破了寂静深远的夜空。

"他身边还有狗。"斯尼克斯气喘吁吁地说道，打起了退堂鼓。

"有什么可怕的？"巴克尔斯不屑地回道。

狗的吠叫让他们暴露无遗，巴克尔斯索性放开胆、昂首阔步地走出灌木丛，向发出明亮火光的火盆处走去。

"嗨，伙计，你的狗不赖嘛。没事，我们什么也不干。"巴克尔斯假惺惺地上前拜访道。

他一靠近火盆，莱西便高声吠叫起来。他向莱西挥舞着木棍，做出袭击的姿势，但莱西随之向后退去。洛利尝试将她抓住，然而莱西也灵巧地躲避开了。她站在火盆旁边，几近咆哮地吼叫着。而此时，托茨也发出尖锐的叫声，场面顿时沸腾起来、喧闹不已。

"安静!"洛利制止道，"你们都安静点儿!"

听到主人的命令，两只狗便慢慢平息了下来，只在喉咙中发出低沉的呜呜声。巴克尔斯露出了牙齿，邪恶地笑着，身后的斯尼克斯也随声附和着笑了起来。

"很好，伙计。"巴克尔斯想解除洛利心中的高度警戒，便装出一种友好的语气继续说道，"在喝什么呢，茶水吗？真香醇啊。不过能不能分给我们这些四处漂泊的人一杯，也让我们品尝几口、暖一暖身体呢?"

他笑里藏刀，向洛利慢慢逼近。

洛利从原木座位上站起身。虽然巴克尔斯巧言令色，试图蒙骗过关，但洛利并不愚钝。多年来只身一人走南闯北，他看人不会出差错，也不缺乏此类经验，对于在人迹罕至的荒芜地区遇到的不速之客，他更是一目了然。

"喂，没听见我说什么吗!"巴克尔嘶吼地叫着，渐渐露出了破绽。

洛利慢慢地侧身向篷车方向移动，这时巴克尔斯跳到洛利与马车之间，生生斩断了他的退路。掂着手中的木棍，巴克尔斯发出奸诈邪恶的笑声。虚假的面具已被撕裂，他彻底露出了本来面目。

"快坦白吧，钱都在哪儿呢?"他继续哄骗道，"如果你识相一点儿，乖乖交钱的话，就没事了，我们不再会带给你任何麻烦，也不会伤害到你，是吧，斯尼克斯？"

"没错，我们不会让他受到伤害。"

"我们当然不会害你——但是倘若你想自找麻烦，抱歉，我们也不客气了，会让你尝到苦头的。说！钱呢？"

"哦，等等，别急，我这就拿给你们。"洛利开口说道。

然而实际行动却与之相悖。他猛然跃到篷车旁，手中握着那根粗壮结实的短木棒。背对篷车，他向手上吐了一口唾沫。没有言语，也无须言语，一场正义与邪恶的斗争一触即发。

"看来，你真是不识抬举啊，是不是？"巴克尔斯大口喘着粗气，"好，很好。"

他使尽全力举起木棍，打向洛利。然而洛利巧妙地躲开了，转而抡起木棒狠狠反击，正中高个子的膝关节处。巴克尔斯疼痛难忍，恼羞成怒地咆哮着。

"快点动手啊，斯尼克斯，别只顾站着——从他身体的另一侧出击，你这个怯懦的家伙。"

两名恶徒一起冲向洛利，双方夹击。而洛利背对篷车，手持木棒，努力保持自己处在安全范围内。可是对方的棍棒开始落在他的头上与肩部，他越发感到自己力不从心。

绝望中，他将目光投向正在篝火旁狂吠不止的莱西，呼唤道："快来咬他们。"

接到了命令，莱西飞奔而至，迅疾如雷地冲向高个子。高个子立刻转过身来，全身发力地抡起木棍击向莱西。这一棒重重地打在她的肩上，几乎要将她击倒在地。一瞬间，恶徒与洛利之间的殊死搏斗告一段落，敌人攻击的目标转向莱西。他们看见莱西威风凛凛地站在那里，与自己四目相对。

此时此刻,在莱西的心中,两种相互矛盾的冲动正剧烈翻腾。然而最终,还是其中一种占据了优势地位。

在这里,她再次体会到了那双象征恶魔的手,会伤害她、带给她疼痛的那双手。他们会用那样一双手抓捕她、关押她,使她彻底失去自由。因此,应该像从前多次所做的那样,躲避人类。没错,狗应该悄无声息地溜走,不让人类发现。

就在莱西进行思想斗争的片刻,巴克尔斯向她迈了半步,将手中的木棍举起。

"过来。"他吼道,"再吃我一棒子。"

莱西迅速躲开,转身奔向灌木丛,顺着斜坡一路小跑着逃进林中。

巴克尔斯转过身去,面对洛利。

"多棒的一只狗啊!"他大声吼叫,"看到了吧,伙计——就连你最要好的伙伴都弃你而去了。噢,这只狗真是棒极了!过来吧朋友,我们还是握手言和吧,过去的事就过去了,我们全当没发生过。"

洛利的目光一直追随着莱西,直到她逃进树林中,不见了踪影,这才转身面向敌人。他再次向手上吐了一口唾沫,重整旗鼓,准备再战。

"尽管放马过来,钱都在这儿呢。"他坚定地说道。

两名恶徒渐渐逼近,谨小慎微地左右回旋。火光中,他们一边周旋一边思忖进攻的方式。经过之前的一番交战,他们深知这个矮小的陶器商并非胆小怯懦之辈,并且此时洛利背对马车,有了身后强大的保护,他可以全心应对前方的进攻。就这样,洛利与敌人之间展开了新一轮战斗,他灵巧敏捷地挥舞着木棍,防守、进攻。小狗托茨也在一旁飞快地转来转去,她全力效忠、不负信任地保护着自己的主人。

然而托茨的外形太过渺小，在如此激烈的对战中，这些举动只不过是杯水车薪——她上蹿下跳、尖声狂吠，举止神态令人忍俊不禁，身体像一团雪白的小绒球充满了力量。终于，机会来临，她坚定果敢地冲到一团乱斗中，细小的牙齿猛地嵌入了高个子恶徒的脚踝中。

巴克尔斯突然一惊，一脚将小狗甩开。

"你这个卑鄙的小家伙！"他气急败坏地说道。

托茨再次发起进攻，巴克尔斯举起手中粗壮的大木棍，全身发力，狠狠打向托茨的身体。力大无穷的棒击落在她娇小玲珑的身躯上，让她筋断骨折、瞬间殒命，尸体被木棍挥打出去，跌到了灌木丛里。

看到自己心爱的托茨惨遭毒手，洛利狂怒地咆哮着冲上前，向两名恶徒发起了猛攻，一时间，两名歹徒被逼得连连后退。他怒不可遏地挥动着木棍，似乎可以将眼前的这两个凶手战胜驱逐。

然而两名恶徒立刻卷土重来，进行反攻；由于被盛怒冲昏了头脑，洛利失去了理智，他贸然的前攻无疑是自取灭亡。如今身后再没有马车作为强大的护盾，他陷入四面楚歌的境地。巴克尔斯忍受着这个矮小的陶器商雨点般的猛烈棒击，最终突破了他的防线，挥动木棍狠狠劈向他的肩膀，将他打倒跌跪在地。洛利用木棒与手臂护住头颅，尝试重新站起，然而后背也受到了重重的击打。他跌跌撞撞地转过身去，紧紧抓住斯尼克斯的身体，毫不松手。心想，只要自己的意识仍够清醒，就要抓住其中一个敌人作为防御的盾牌。此时，一股温热的血液顺着头部流了下来，流进了左眼，他知道头部受到了重创。

受到巴克尔斯棍棒的威胁，莱西从篝火处逃离，跑进灌木丛，几乎是不自觉地奔向南方。

可是这一次，她虽然在向南进发，心中却难以平静，不似以往向理想方向行进时的那般安静平和。莫名其妙地——她感觉哪里出了问题。

于是莱西停了下来，转过头向后望去。透过斑驳的树叶隐约可见摇曳的火光，同时她敏锐的听觉清楚地捕捉到了男人们激战时的叫喊声和托茨尖锐的吠叫声。这一声尖叫立刻抓住了莱西的心，它就是警报——是狗在愤怒与自卫时发出的吼叫。

莱西再无法镇定自若地向前行进，她回转过身，飞速穿越灌木丛，跑向来时的方向，最终到达那道斜坡，坐了下去，注视着眼前的一切。此时，她再也听不见托茨尖利的吠叫，映入眼帘的，只有两名恶徒在火光的映衬之下被拉长的、来回摇晃的庞大身影，而洛利却被打倒在地。

此时此刻，莱西内心两种截然相对的想法正在剧烈翻腾、激烈角逐着——一种念头是远离人类；另一种则是保卫家园。从某种意义来说，马车与篝火就是她的家园。一番挣扎后，莱西终于在两种对立的观点中选择了后者，不为其他——只因追溯至从前，她的祖祖辈辈便已有这般誓死抗敌的风骨。而她对人类的畏惧只不过是后天形成的，是由于数月来历经磨难而留下的阴影。只在一瞬，后者保卫家园的强烈欲望便在她心中占据了绝对优势。

在这之前，莱西从来没有攻击过人类，而她也并非生性凶残的犬类动物。可是，一旦心中的信念坚定下来，她便不再踌躇不定、犹豫不决，也不再谨慎行事、畏缩不前。胸腔中发出深沉而尖锐的吠叫，颈部的毛发也随之竖起，莱西发起进攻，从斜坡上直冲而下。

只见一团毛茸茸的身影从篝火旁飞速闪过，在火光的照耀下仿佛一道霹雳，激战中的人们这才看清是那条柯利牧羊犬，她又回来了。莱西腾空跃起，将自己抛向半空中，狠狠撞在巴克尔斯的胸部。冲力之大使得高个子歹徒还没来得及躲闪，就即刻摔倒在地。然而莱西丝毫不停顿，她跑到火光照射的光圈外，从灌木丛处兜转一圈，再从另一方向杀了回来，转而飞速冲向被洛利紧紧抓牢的斯尼克斯。在经过这名歹徒的瞬间，她将牙齿狠狠嵌入他的腿中。

莱西的进攻异常迅猛，尖利的牙齿深深地刺进了歹徒的肉里，在她飞奔向前时，歹徒原本很深的伤口又被撕裂开来，斯尼克斯痛得失声惨叫，凄厉尖锐的声音划破了寂静的夜空。

紧接着，莱西再次转向巴克尔斯，准备迎接新一轮战斗。

"噢，又是你。"他嘀咕道。

他满怀信心地认为这只柯利牧羊犬的进攻方式仍会像之前一样，于是便举起木棒，向莱西猛劈过去。然而这一次，他失策了，莱西灵巧地躲过了棍棒的袭击，敏捷地跃到高个子歹徒身后，猛然咬向他的小腿。随后她又继续之前的袭击方式，跑到阴暗处，兜转一圈，再反冲回来，进行下一轮攻击。如同其他战斗中的柯利牧羊犬一样，莱西一次又一次地兜转、反击，向两名恶徒发起一轮又一轮的进攻。每每与歹徒交战一回合，莱西都会跑进阴影中，从灌木丛中盘旋一圈，再从另一个方向出击，全力奔赴新一轮激烈的战斗。

亲眼看见了莱西的浴血奋战，洛利倍受鼓舞，他高声呐喊，为这只英勇无畏的柯利牧羊犬加油助威，很快他就恢复了士气，重整旗鼓，再次挥舞着手中的木棒，向两名恶徒痛打过去。在此轮战斗中洛利占据了上风，逼得凶手围绕篝火四处逃窜、节节败退。他们惊讶地发现，不论转向哪个方向来逃避洛利的袭击,那只三色的犬科动物总会冲出黑暗,从一个崭新的方向飞奔过来,用锐利无比的尖牙狠狠咬向自己,又在他们尚未来得及举棒回击之时,以闪电之速飞快逃离。

有时,仿佛发起进攻的不仅仅是一只狗,而是两只或者三只。因为无论两名歹徒转向何方,总会有一只狗从新的方向冲杀过来,令他们措手不及。

他们疲于应对这种毫无规律的作战策略,被柯利牧羊犬勇猛的进攻折磨得筋疲力尽。终于,两名恶徒弃甲投戈、仓皇逃窜,企图从混乱的斗争中抽身而去。斯尼克斯是第一个缴械投降的人,无心顾及同伴,也无法留意腿上的重创,他惊慌失措地逃脱了莱西幽灵般的进攻,穿越灌木丛,魂不守舍地跟跄着跑掉了。很快,斯尼克斯听见身后传来另一阵凌乱的奔跑的声音。是巴克尔斯,只见他盲目慌乱地跌跌撞撞,完全不知自己逃向何处,在他看来,只要能够彻底摆脱莱西凶猛强悍的进攻与撕咬,逃离这无力反攻的尴尬境地,就万事大吉了。

在斯尼克斯身后的一片漆黑中,一阵令人毛骨悚然、心惊胆战的声音越来越近,莱西追上来了。然而此时,陶器商帕默开口说道:

"回来吧,回来吧!就这样放了他们,并非他们不应受到这种惩罚,而是我不想看着你将他们咬死。回来吧!"

斯尼克斯只身一人拼命狂奔着,无依无靠。他再不想见到巴克尔斯,那个所谓的朋友。此时,巴克尔斯一定在咬牙切齿地谴责他于危难之际只求自保、弃他人而不顾。当然,他更不愿再见到那个陶器商,还有他身边的那只柯利牧羊犬。

斯尼克斯下定决心独自前行,并以最快的速度径直奔向西方。而在篝火旁,洛利·帕默蹲伏在托茨雪白幼小的身体一边,莱西也静默地站在那里,用鼻尖轻轻触碰着已然逝去的同伴。

良久,洛利都纹丝不动地蹲伏在地,脑海中不断浮现出与托茨这个生命中唯一的伙伴相处的无数快乐时光,一幅幅难忘的景象萦绕在心,久久挥散不去。

最终他站起身,走向马车,从上面取下一把铁铲,开始为爱犬掘一座小坟。

冷冷的冰雨淅淅沥沥地飘落下来,在一座交叉路口,莱西停住了脚步,轻声呜咽着,马车随之停了下来。洛利呼唤她让她跟上队伍,而她只是跳舞般地踏着步子,却不再向前。最后,洛利执拗不过,只好折返回去。

"过来,'女王陛下'。"他命令道。

莱西听明白第一句话,走到他身边。洛利在被雨水冲刷的泥泞路边蹲了下来,用手轻拍爱抚着她,气氛仿佛凝固了一般,久久无声。

随后,洛利站了起来。

"你不再跟着我了吗?"他问道。

莱西抬起了头,仍然像跳舞那般原地踱着步子,但是最终也没有向前走出一步。

"哎。"他叹息着,"或许放你走对我们来说都是最佳选择,我当然很想继续与你同行,可是我的货物已经所剩无几了。而且,我必须要回家,回到马克身边,因为冬天就快要来了。"

"还有——你并不像托茨那样与我的个性合得来——你在我身边也会不断勾起我对她的怀念。但这一切并不意味着你不好,与之相反,你真的很出色。"

莱西领会了最后两个词语的含义,充满感激地摇了摇尾巴。

"哦,你都可以听懂,是不是?那么,就请原谅我吧——最初我认为你是一个胆小怯懦的家伙,可你并不是那样。而且在你身上还存在某种不同寻常的东西,我的小丫头,我真想深入你的头脑中,一看究竟,弄清楚你的想法到底是什么。"

柯利牧羊犬听见"小丫头"这个词语,便叫了一声,洛利迷惑不解地摇了摇头。

"哎,真遗憾,你能够听懂人类的语言,可是我们人类却不像你那样聪明,对你的叫声无法理解。而人类还夸耀自诩是全世界最聪慧的物种!

"嘿,亲爱的,我们这一路相依相伴,度过了美好难忘的时光,不是吗?而现在——如果你要离开,那就离开吧。我会非常孤寂,没有你——也没有托茨在身边。然而我总会说,如果不想茕茕孑立、形影相吊地生活,那么就不要成为走街串巷的流动小贩,可是这也是我十分热爱的职业。

"不过也可以从另一个角度看待这件事。有些时候,我想,我很愿意和你在一起,可是你的想法却不是这样,你只不过觉得我们就是顺路而已。如今——哎,你就要离开,去做你想做的事。"

莱西并不理解这些话语的含义,只是体会到了这一路喂她食物、轻柔爱抚她的男人言语间流露的温情与宽慰。因此她用嘴轻轻触吻洛利的手,表达亲近。

"这是你的告别方式吗,嗯?"他问道,"那么,愿你一路平安,快走吧!"

莱西听见了"走"的字眼,缓缓踱到十字路口,然后向后望去,看见洛利向自己挥了挥手,她便转回身去,启程向南了。

"噢，走吧，愿你好运。"他呼喊道。

洛利伫立良久，目不转睛地注视着柯利牧羊犬，看见她一路小跑，渐行渐远。傍晚时分，冰冷的雨水抽打着他那因饱经风霜而沧桑不已的面庞。他缓慢地摇着头，似乎在自言自语，这只柯利牧羊犬内心的真实想法当真捉摸不透。

不久莱西便消失在视野范围内。洛利静默无声地走回篷车那里，爬了上去，向贝丝吆喝着，朝东方进发。

莱西顺着另外一条路直奔而下——向南跑去。雨水顺着她的毛发流淌滴落，四肢溅满了泥浆。

一个星期之后，洛利的马车仍然缓慢地在路上行进。他不再和从前一样高声吟唱，也不再跟着这座移动的家园悠然前行。因为此时，纯白无瑕的雪花在空中漫天飞舞。

洛利坐在马车前座上，膝上覆着一块带有纽扣的涂焦油防水布，纽扣式的脸颊低垂着，顶着纷纷扬扬的雪花吃力地行进。眼前大雪纷飞，天地间白茫茫地融为一片。贝丝在前面卖力地拉着车，身上散发着一股股水气，蒸发在空中。

"噢，好了。"洛利大声说道，"知道吗？现在我们马上就到家了。真高兴啊，我们要到家了；回忆起来，这一路走得充满艰难险阻啊。一开始是单纯地下雨，然后便是雨夹雪，接着还是雨——可现在又变成了雪。这一次外出叫卖的旅程太过漫长——而且遭遇了这些事情。"洛利喃喃自语着，突然停住不说了，脑海中浮现出在路口离去的那只柯利牧羊犬的身影。

"噢，好了。"最终他开口说道，"我就要到家了，而你现在身在何处呢，我的好朋友？我真切希望，不论你在追寻什么，是安定——或是其他什么信念，都会如愿以偿。可是无论你现在在何处——我都祈愿你能过得安逸舒适、温暖惬意。

"有的时候，我真有种想把你锁在马车上、将你带回家的冲动；然而最终我还是没有勇气这么做——因为托茨走后，我不想再养狗。或许在将来的某一天，我会从这片阴影中走出来，再养一只狗，但现在绝对不会。托茨对我忠心不二，不惧恶徒，誓死与他们抗战到底——而你也一定对某些其他人忠贞不渝。所以我们还是分别吧，再见了，但愿你现在像我一样，仅仅与家咫尺之遥。

"我们到家了，贝丝！这儿就是第十二街角。我们现在就回去，找马克喝上一杯茶。"

贝丝听见后更加卖力地拉着篷车向前赶路，奔向回家的方向度过严冬。与此同时，向南数英里之外，莱西仍旧拖着沉重的步伐艰难地前进。

此时此刻，她正穿越一片广袤无垠、地势较高的荒原，冰冷刺骨的寒风在永无休止地怒吼呼啸。肆虐的暴风雪从身后席卷而来，猛烈地鞭笞着她，她骨瘦如柴的身体全然湿透，上面的毛发也被凛冽的北风吹得向前打着捆，凝结成了一束束冰柳。

她发现向前行进越发困难重重。积雪正变得越来越深，每每从雪地中迈出一步，她那疲惫不已的肌肉都需要花费更多的力气。最终，她耗尽了体力，跌跌撞撞地倒了下去。她身体蜷缩着，开始咬着手爪之间的毛发上冻结的冰块。随后，她再次尝试着站起身，然而积雪太过深厚，寸步难行。她便开始像一匹马一样，高举四肢，竭尽全力地向前跃起，吃力地前进着。可是没过多久，她便精疲力竭，完全无力再继续前行。

莱西低垂着头，站在厚厚的雪地里，疲惫不堪地喘息着，呼出了白雾状的气息，从空中蒸发掉了。她抬起了头，发出阵阵哀鸣；然而大雪依然无休无止地纷飞飘落。她再次跳起，颠簸着行进，尽心竭力地尝试着跃出这片皑皑积雪。然而她又停了下来，因为此时她再无力向前行进哪怕一步。

她抬头望向天空，发出悠长凄婉的阵阵哀鸣——那是狗在寒冷难耐、迷失方向与倍感无助时发出的嘶吼。哀鸣声高亢而悠远，穿透漫天白雪，在黑夜笼罩的茫茫荒原上久久回响。

纷纷扬扬的片片雪花将所有声音覆盖住，万物寂静。在这片荒芜平坦的沼泽地之上，方圆几英里内人迹罕至。即使几百码以内有人经过，也难以在狂风呼啸的暴风雪中捕捉到柯利牧羊犬绝望的呼喊声。

终于，莱西再也支撑不住，跌倒在茫茫雪地中。飘落的雪花轻柔地附在她的身体上，在这片纯白的雪被之下，她安然静卧，精疲力竭但却倍感温暖。

第二十一章 苦旅终结

山姆·卡拉克拉夫曾经在年初之时告诉过儿子乔,从约克郡内的格里诺尔村到路德林公爵位于苏格兰的住处那里,路途十分遥远,事实果然如此。从南至北,两地间相距大约400英里。

然而这个数字仅仅适用于衡量两地之间的公路或者铁路的间距,对于狗而言,需要跋涉多远呢——她不得不绕过重重障碍,探索着正确的道路,一旦走偏便会不断地迂回、折返,直至找到对的方向。

如此看来,她跋涉的距离足足有1000英里——这1000英里是她之前从未走过的、完全陌生的地形,是仅仅依靠直觉辨别方向、积攒跬步一点点走完的漫漫长路。

是的,1000英里的路程!这一路上,她需要翻越高山与深谷、横跨荒原与沼地、穿越农田与小径、渡过长河与小溪、跨过沟渠与丘陵山地;不仅如此,还要忍受雨雪的侵袭、浓雾的阻挡和烈日的暴晒；当然，也必须通过到处横亘的铁丝网、杂草丛生的灌木荆棘，还有坚硬的巨岩和燧石，这些均为莱西的足部造成严重的创伤——谁可以猜测到，一只狗会有多顽强的毅力，能够在经历种种磨难之后，仍然坚定不移地奔向家的方向呢？

然而，如果说这几乎是一个奇迹，那么乔·卡拉克拉夫也在始终尝试着对此深信不疑——未来的某一天，他心爱的莱西一定会令人难以置信地、神奇万分地出现，站在校门口静静地等待；当他每天放学走出校园时，双眼便不由自主地望向莱西曾经等候的位置。然而每一次都会令他失落不已，那里空空如也，毫无爱犬的踪影。这时乔才会和其他村民一样，静默缓慢、黯然神伤地向家的方向走去。

每当一天的课程结束后，乔总会暗暗做好充分的心理准备——劝诫自己不要过于失望，因为莱西不会在那里等待他。一周周的时光如流水般渐渐消逝，而乔也慢慢相信了这个残酷的事实：莱西再也不会出现了。就这样，心中的希望在遭遇了一次又一次的碰壁之后，逐渐消退殆尽了。

尽管人类的希望会随着时光渐渐消逝，然而在狗的心中，希望之光永不会磨灭。只要有一丝气息尚存，希望与信念就会像熊熊燃烧的烈火，兴旺长存。因此，当那一天，乔·卡拉克拉夫穿过校园时，被眼前的一幕惊呆了，他几乎不相信自己的双眼，不相信所看到的一切。于是他用力摇了摇头、猛眨了几下眼，又攥紧拳头揉一揉眼睛，以为这只是一场梦境。然而事实却让他万分惊愕，就在距离校门口的几码处，一只狗正向他走来——正是他魂牵梦绕的爱犬莱西！

乔完全愣住，呆呆地站在那里，那只慢慢靠近的狗让人不寒而栗——每向前行走一步都会吃力地喘息着，头部重重地垂下，尾巴也低得快要拖到地面。似乎每一步都需要重新蓄力，才能向前移动。与其说她是在行走，倒不如说是在爬行着前进。尽管如此，她仍旧竭尽全力地挪动着，一步又一步，最终到达校门口那块属于她的老地方，静静地躺了下去。

乔从恍惚的状态中猛然惊醒过来。即便这只是一场梦境，他也必须做些什么。做事一定要全力以赴，哪怕是在梦里。

他飞奔着冲出校园，来到莱西的身旁，跪了下去，双手温柔地抚摸着她。当他触碰到爱犬身上的毛发、感受到她活生生的肉体时，才相信眼前的一切都在真实地发生着。他的爱犬莱西回来了，到学校来接他回家了！

然而此时的莱西竟是这般落魄的模样——与往日神采奕奕的柯利牧羊犬大相径庭。漂亮英俊的三色毛发不再绚丽夺目地闪着光亮，高傲、修长且黝黑的头上，双耳也不再兴高采烈地向上竖起。曾经警觉敏锐的双眼如今变得黯淡无神，看见主人时也不似从前那样发出欢快的叫声、蹦蹦跳跳地表示欢迎。此刻，她只是静卧在地，虚弱无力地尝试着把头抬起却又重重垂下；尾部也饱受创伤，上面布满了荆棘与毛刺，轻微柔弱地摇了摇。她再无一丝力气，做不了任何事情，只是发出微弱却充满欢快的细细的叫声。因为她知道，心中焦躁不安的本能终于可以归于平静。她已经到达了这片无数日日夜夜魂牵梦萦的故土，将那恪守终生的约定履行完毕了，而许久未见的小主人正在轻拍爱抚着自己，如此熟悉的温柔感觉恍如隔世。

在职位介绍所旁，伊恩·考柏（Ian Cawper）正和其他失业的矿工站在一起苦苦等待着，翘首以盼新的工作机会。一直到下午茶时间，他们仍旧一无所获，只好怀着沉重的心情，铩羽而归。

你可以在云屯雨集的人群中毫不费力地辨认出伊恩。虽然在约克郡这个地区，有许多身材高大的男人，但是当伊恩与他们在一起时，仍旧会是身材高度最为凸显的那一个。而事实上，他在约克郡的西部区域内，是公认的最为高大威猛的男人。他身材虽高，但个性温和、思维缓慢，言语柔缓、从容淡定。

因此，当所有人都发觉村中发生了一些十万火急的事情后，他才慢慢意识到。随后，他和众人一同看见——一个小男孩怀中抱有一大团物体，顺着大街跌跌撞撞地飞奔过来，异常兴奋地高呼呐喊着。

众人开始躁动不安起来，一齐涌上前去一探究竟。后来，小男孩越跑越近，大家便听见他在呼喊："她回来了！她终于回来了！"

人们互相看着彼此，长舒一口气，被搅乱的心也重归平静。他们凝视着小男孩怀中所抱的物体。是真实的。山姆·卡拉克拉夫的柯利牧羊犬莱西从遥远的苏格兰徒步跋涉回家了。

"我必须尽快把她带回家去！"小男孩激动地说道，步伐紊乱地奔跑着。

这时，伊恩·考柏上前一步。

"交给我吧。"他说道，"你先回去，告诉你的父母做好充分准备。"

他强壮有力的手臂环住莱西并将其抱起——这双手臂如此壮硕，以至于比这只可怜的、瘦骨嶙峋的柯利牧羊犬多上十倍的重量，他都能轻易承担。

"噢，快一点儿，伊恩！"小男孩迫不及待地喊道，兴奋不已地跳起来。

"我一定会的,孩子。你先回家吧。"

于是,乔·卡拉克拉夫顺着大街一路狂奔,转过一侧的小巷,沿着花园小径直冲而下,猛然闯进小茅屋中,大声呼唤着:"爸爸!妈妈!"

"发生什么事了,孩子?"

乔停了下来,不再继续说了。一股令人窒息的、炽热的兴奋感堵住了他的喉咙,让他一时难以尽兴表达。片刻后,他才终于脱口而出:"是莱西!她回家了!莱西回家了!"

他打开了大门,伊恩·考柏把头低下,躲过门框走进小屋,将怀抱中的莱西轻轻地放到壁炉旁的地毯上。

从那一天夜晚开始,发生了许许多多令乔·卡拉克拉夫刻骨铭心的事情。他永不会忘记,爸爸跪在爱犬身旁,注视着与他们相伴多年的伙伴、双手抚过她骨瘦如柴的身体时,面部掠过的万分痛苦的表情。他也永远不会忘记,妈妈一直在厨房里奔波忙碌的身影,没有怨言,也没有斥责,只是静默无声、极其专注地快速拨着火,将炼乳倒在温水中搅动着,然后跪在莱西身旁,轻柔地托起她的头,小心翼翼地拨开她的嘴。

乔的父母没有对他说一句话,只是全神贯注地为莱西忙碌着,似乎已经把他彻底忘记、抛在九霄云外了。此时此刻,他们的全部心思都倾注在这只气息微弱的柯利牧羊犬身上,仿佛整个世界都与他们无关。

乔注视着爸爸舀起一勺温热的牛奶,轻轻送到莱西的口中,然而莱西却没有吃进去,牛奶顺着她的嘴边流淌出来,滴在了地毯上。他也注视着妈妈将一条毛毯烘暖,包裹在莱西的身上。他看着爸爸妈妈锲而不舍地尝试着,一遍又一遍地喂她进食,然而每一次的努力都以失败告终。最后,爸爸从地毯上站起身，神情凝重。

"没有用了，亲爱的。"他和妈妈说。

父母静默无声地四目相对着，彼此的眼神中传递着许多的问题与答案。

"她得了肺炎。"最终爸爸沉重地宣布，"现在她的身体太过虚弱了……"

父母再次陷入了沉默，久久伫立着。然而最终，还是妈妈重新振作起来，恢复了强大的信心。

"我是不会放弃的！"她语气坚定地说，"我绝对不会就这样放弃的！"

她翘起嘴唇，似乎这种怪异的神情使她下定了决心。她来到壁炉架前，从上面取下一个花瓶，倾覆过来摇了摇，掉出了几枚硬币。她将其全部递给爸爸，没有做出解释，但也不需要任何解释。可是爸爸只是盯着这些硬币，没有接过来。

"拿着，亲爱的。"她敦促道，"我省下这些钱，原本是为了买保险的。"

"但是将来我们怎么……"

"嘘，不要再说了。"妻子果断地打断道。

随后她迅速扫视了儿子一眼。乔发觉，这是长达一小时以来，父母第一次意识到他的存在。爸爸也看着他，又看着妈妈手中的硬币，最后目光投向卧在地上的莱西。突然他拿过钱，戴上帽子，步履匆匆地走出家门，冲进茫茫夜色中。当他再回到家时，手中握有几包东西——是一些鸡蛋与一小瓶的白兰地酒——在这个生活简朴的家庭中，这些物品已经算是珍稀昂贵之物。

乔看着爸爸妈妈在不遗余力地拯救莱西的生命，爸爸反复尝试用勺喂她进食，可是每一次的努力都徒劳无果。妈妈在一旁又气又急,喘息因心情焦噪而越发急促。终于,她按捺不住,恼怒地夺过勺子,托着莱西的头,放在膝盖上,轻柔地拨开她的嘴,将食物缓缓送进,又在喉咙处轻轻拍着——动作温柔,反复多次。终于,莱西咽了下去。

"啊!"爸爸欢欣鼓舞地长舒一口气,心中如千斤负荷的重石落了地。妈妈的头发在熠熠的火光下闪着金色的光芒,她双腿盘绕,蜷伏着坐在地毯上,双手托着爱犬的头部,喂着食物——与此同时轻轻拍着她的喉部,用充满温情的语气轻声安慰着她。

之后发生的事情,乔记不太清楚了,只在朦胧中感觉到夜里不知何时,自己被轻轻抱起带上楼去,放在了床上。

次日清晨,他起床之后,发现爸爸依然坐在椅子中,妈妈仍旧坐在炉边的毛毯上,壁炉中的火焰也一如既往地燃烧着,暖意融融。而莱西的身上仍裹着毛毯,寂静无声地躺在那里。

"她——已经离去了吗?"乔忐忑不安地问道。

妈妈疲乏无力地微笑着。

"嘘。"她低声说道,"莱西刚刚睡着。我想我应该去准备一下早餐——可是我体力都耗尽了——如果我可以喝上一杯浓郁香醇的茶水,该有多好……"

那天清晨,一如反常的事情发生了,准备早餐的人不是妈妈,而是爸爸。他忙碌着把水烧开、沏上热茶、切割面包,而妈妈只是坐在一把摇椅中,等待一切准备就绪。

当夜幕降临,乔放学回到家时,莱西仍然静卧在早上他上学出门时所在的地方。他想坐在她身旁,抱一抱她,然而他也知道,最好让病中的狗安静地休息,不要前去打搅。于是一整晚,他都坐在莱西的身旁,静静地凝视着她。只见莱西伸展四肢，纹丝不动地躺在那里，身体因极其细弱的呼吸而一点一点起伏着，这便是她唯一的生命体征。乔静默无声地坐在那里，注视着可怜楚楚的爱犬，毫无睡意。

"现在她已经没有大碍了。"妈妈劝道，"快去睡觉吧——她会好起来的。"

"您真的确定她会恢复过来吗，妈妈？"

"你自己也可以看得出来，不是吗？她的情况看起来并没有恶化，是不是？"

"但是您十分肯定她会恢复吗？"

女人叹了一口气。

"当然了——我确定——好了，快上床睡觉去吧。"

于是乔安心地去睡觉了，对父母所说的话深信不疑。

乔对这一天的印象十分深刻，也同样深深记得那些其他天。有一天，当他放学回到家后，向地毯走去，卧在那里的柯利牧羊犬微微动了一下身体，好像轻轻地摇了一下尾巴。

他还记得另一天，当妈妈即将备好一碗牛奶时，莱西便稍显激动地站起身，等待着鲜美醇香的饮品端至眼前。见此情景，妈妈愉快地舒了口气。当盛有牛奶的碗端来时，莱西便低下头去，贪婪地舔舐起来，瘦弱干瘪的侧腹在不停地颤抖着。

时光荏苒，终于还是到了那一天，乔突然意识到——即使此刻莱西与家人度过了幸福美好的时光，可是这只狗很快又会不属于他了。小屋内再次响起掺杂着复杂情感的叫喊声与吵闹声，妈妈也再次提高了尖锐而疲惫的嗓音，厉声喊道：

"难道这个家里永远没有安宁之日了吗？"

而到了夜晚，乔在上床很久以后，依然能够清晰地听见父母持久争执的声音——妈妈声音清晰而充满起伏；爸爸却自始至终保持着平稳而单调的语气,循环往复地说着一句话:"即便他同意将狗再卖回来,可是我到哪去筹钱买她呢——哪儿来的钱呢?你也知道,我们无力承担这笔昂贵的费用。"

对乔·卡拉克拉夫的爸爸来说,做人就应该遵守率真正直的准则,容不得一丝虚假与欺骗。如果做一份工作,就要全力以赴、恪尽职守,以赚取更多的酬劳;如果养一只狗,就要将其训练为最优秀的犬类;如果有妻儿,就同样需要尽心尽力,对他们关怀备至。

在这个尚在失业状态的矿工心中,没有丝毫奸邪歪曲的意念,只有光明坦荡、诚实守信的人生法则。像许多正直的人那样,他将所有的一切都看得透彻清晰、是非明辨。说谎、欺骗、偷窃——均是毋庸置疑的龌龊行为,无论心中如何编织借口,都不能否认行为恶劣的事实。

因此,当他面对来自生活的任何困难时,总会搬出那一套基本的人生信条来解决。

"诚信就是诚信,别无二他。"他总会这样说。

这是他经常挂在嘴边的一句话,或者可以这样说,"真理就是真理","欺骗就是欺骗"。

而莱西逃回家中这一事实正与他坦率正直的道德原则背道而驰。他已经将狗卖掉了,收取了别人的钱,并且花了出去。因此,这只狗便不再归他所有,无论如何辩解,都不能改变这一确凿的事实。然而,男人同样需要家庭,当妻子开始无休止地与男人争执时……那么……

次日清晨,当乔下楼去吃早餐时,妈妈面色不佳,翘起了嘴唇,用勺子盛着燕麦粥。爸爸咳嗽了一下,说出了那天夜里仿佛在心里预演无数遍的话:

"乔,乖儿子。在这件事上我们已经下定决心了——也就是说,妈妈和我共同决定——莱西会一直待在我们家,直到她身体完全康复。

"没错,我十分确信,没有人会像我们这般认真仔细地护理她、全心全意地照顾她。这是不容置疑的事实。但是当她身体恢复之后,那么……

"不过你仍旧能够陪伴她一段时间,所以,知足吧。也不要再折磨我们了,孩子。我们已经被很多事情搅得心烦意乱了。所以,不要再为我们徒增烦恼了——要像一个男子汉那样——学会知足。"

对于年幼的乔来说,"一段时间"意味着两种结果:一种是无限延长的漫长时光;而另一种则是极其短暂的、稍纵即逝的短短数日,当意识还懵懂地停留在过去的时光时,这段时日已如白驹过隙一般悄悄溜走了。

那天清晨,当乔正走在上学的路上时,猛然意识到"这段时日"就是第二种结果。当时,身后传来一阵汽车的轰鸣声,巨大的隆隆声响彻整条街。他转过头去,发现车内竟坐着那个可怕的老人和那个戴有贝雷帽的女孩,她那淡黄色的头发如瀑布般垂下。老人面貌狰狞,花白的胡子犹若野兽丑恶怪异的尖牙。此时,他正挥动着手中奇丑无比的黑刺李手杖,向汽车和司机发出威胁,并对眼下的世道斥责不已。随后,他再次对司机喊道:

"嘿,嘿,在那儿!对,说你呢,小伙子!真见鬼,詹金思(Jenkins),你可不可以让这个满是难闻气味的家伙停一会儿?噜,那里,詹金思!噜!正常人都不懂为什么要放弃骑马,改乘坐这个奇怪的东西。国家正在衰落、变得越来越萧条了,果然如此啊!到这儿来,小伙子!过来!"

听见公爵在呼唤自己,乔立刻产生了逃跑的冲动——想不惜一切，只为逃脱心中惧怕的景象，不论这景象有多出人意料，只要彻底离开，直到看不见为止，内心的忐忑才会平息。然而众所周知，人是跑不过机动车辆的。而且，乔的血液里流淌着祖祖辈辈遇事沉稳、恪守准则、坚忍不拔的优良品格——他们不论遭遇什么都绝对不会畏首畏尾、退避三舍。因此，他不再畏惧，而是昂首挺胸、坚定不移地站在人行横道上，记起妈妈曾经教给他的待人接物的方式，礼貌地问道："有什么事吗，先生？"

"你是哪家的——叫什么名字的小孩？"

乔将目光投向女孩，很久以前，正是她亲眼看见自己将莱西送进老公爵的狗栏之中。她的面颊并不像自己那样透出健康红润的气色，而是苍白中透着一点幽蓝。她抓住车窗边缘的手上，一根根青色的血管明显凸起，看起来纤细而瘦弱。乔心想，如果女孩像妈妈建议的那样，吃一点葡萄干之类的布丁，也许会有一些好转。

女孩也在注视着乔。此时，一股无形的力量推动着乔，他自信满满地走上前去。

"我的父亲是山姆·卡拉克拉夫。"他不卑不亢、语气坚定地答道。

"这个我知道，我知道。"老公爵不耐烦地吼叫着，"我是永远不会忘记别人的名字的，永远不会！我过去曾经熟知村中每一人的名字。如今，你们这一代人都长大了——年轻的新一代。并且，天哪，这群年轻人与上一代的任何人都根本无法相提并论——所有人都逊于老一代，哎呀……"

他停止了喋喋不休的抱怨，因为身旁的小女孩用力拉了一下他的衣袖。

"发生了什么？呃？哦，对了。我记起来了。你的爸爸在哪里,小伙子?他在家吗?"

"他不在,先生。"

"那他在哪里?"

"他去埃勒比(Allerby)了,先生。"

"埃勒比,他去那里做什么?"

"有一位工友为他在矿区介绍一份工作,我认为,他是去看一看这个工作是否合适。"

"噢,这样啊——这样,那当然很好了。但他何时能回来?"

"我也不清楚,先生。我想也许在下午茶时间就能回来。"

"别含糊其辞!就说下午茶之前回不来。真讨厌,太不巧了——非常不巧!那就这样,我大约五点会再来。你告诉你爸爸,让他在家里等着,我想和他见一面——这非常重要,一定告诉他等着我。"

随后,载有公爵与小女孩的汽车开走了,乔也急匆匆地赶往学校。上午的时光变得从未有过的漫长,课程单调乏味地进行着,时针仿佛蜗牛爬行一般、无比缓慢地扫过一圈又一圈。

乔的内心只有一种期望——期望中午快点到来。最后,当沉闷乏味的时光终于过去时,乔却感觉度过了一年的时间,他风风火火地飞奔回家,猛地闯进小屋里,发出了对于妈妈而言一如既往的急促呐喊。

"妈妈,妈妈!"

"哦,上帝,别将大门撞掉,快关上门——你这样大声吼叫,任何人都会觉得我们教子无方。到底发生什么事了?"

"妈妈,他要来我们家,带走莱西!"

"谁要来?"

"是那个公爵……他要来了……"

"公爵?他究竟是怎么知道莱西……"

"我也不知道。他只是今天早上叫住了我,告诉我下午茶的时间会来……"

"到我们家来吗?你确定吗?"

"是的,他说会在下午茶的时候过来。噢,妈妈,拜托您……"

"够了,乔。不要说了!我警告你不要再说了!"

"妈妈,这一次您一定要让我说。拜托,拜托了。"

"难道你没听见我说的话吗?我说……"

"不,妈妈。请帮帮我,求您了!"

女人无可奈何地盯着儿子,疲倦而气恼地叹息着,陷入深深的绝望中。她高举双手,仰天大呼道:"噢,我亲爱的主啊!难道家里永无安宁之日了吗?永远都不会有了吗?"

随后,她重重地跌坐在椅中,一动不动地盯着地板。乔走上前,轻轻拉住妈妈的手臂。

"妈妈——请想想办法吧。"男孩苦苦恳求着,"难道我们就不能将她藏起来吗?他到五点钟才会过来,而且让我转告爸爸五点钟准时会面。噢,妈妈……"

"不可以的,乔。你的爸爸不会……"

"您可以求他啊,不是吗?拜托,拜托了!恳求爸爸将……"

"乔!"妈妈大发雷霆,怒吼道。可随后语气再次缓和下来,充满耐心,"够了,乔。没有用的。不要再给我增添烦恼了。是你的爸爸不愿说谎,我已经多次劝导他了。然而不论事情好坏,他都不愿说哪怕一句谎话。"

"但仅仅这一次,您就求求他吧,妈妈。"

女人难过地摇了摇头,坐到了壁炉旁,目不转睛地凝视着炉中的火焰,似乎能够在那片熊熊燃烧的炉火中寻求到一丝安宁。这时,乔又走过来,拉住她袒露在外的前臂。

"拜托了,妈妈。您求一求爸爸,就让他说一次谎话吧,只说一次是不会对他造成什么伤害的。将来我一定会报答爸爸的,我肯定会,真的不骗您!"

这些话语如同滔滔江水,从他口中迅速奔涌而出。

"将来我一定会好好报答你们的。等我长大以后,就会找一份工作。我会努力赚钱,给爸爸买好多东西——也会买给您。我会买任何一种你们喜欢的东西,现在我只求您,求求您……"

在这件令人烦恼不已的事情上,乔一直都表现得很坚强。然而此时,他却生平第一次像一个小孩一样,流着眼泪哽咽着,曾经的坚定与沉毅消失得无影无踪。妈妈听到儿子呜咽的声音,轻轻拍着他的手,目光仍然没有从火焰中移开、关注儿子一眼。仿佛从具有魔力的火焰中获得了博大精深的智慧,她慢条斯理地说道:

"这是行不通的,乔。"她的话语间充满柔情,"你不可以那么想。而且你必须明白,不要企图得到所有内心渴求的东西,就像你一定要拥有莱西一样。这样是不可以的。"

在她劝诫的同时,也明显感受到乔的手因不耐烦而不停颤抖着。这时乔开口说话了,声音尖锐而嘹亮:

"您不懂,妈妈。您并不懂。并非我一定要得到莱西,而是她想要回到我们身边——这种欲望非常强烈。这就是她能够穿越漫漫长途、一路跑回家中的根本原因。她是需要我们的,很需要很需要。"

直到此时,卡拉克拉夫夫人才终于转过身看着儿子。她注意到乔那张因情绪激动而扭曲变形的脸，观察到一行行泪水肆意地流过他的面颊。她静静端详片刻，忽然发觉儿子已然长大了。多年以来，这是她第一次如此认真仔细地看着自己的孩子，默默感叹着时光飞逝，她真心感到儿子和从前大不一样了。

她凝视着儿子，双手相互紧紧握住，双唇紧闭，合成一条直线。随后，她站起身。

"乔，快过来吃饭，然后就去上学。尽管放宽心，我会和你的爸爸说的。"

她将头抬起，用不容动摇的坚定语气说道："是的——我要和他说。好了，我要与赛缪尔（Sam-uel）·卡拉克拉夫先生进行一番认真的谈话。我确实要这么做！"

那天下午的五点钟，路德林公爵从停在卡拉克拉夫家门口的汽车上走了下来，仍保持那一如以往的暴脾气作风，愤怒气恼地喃喃自语着。而在大门后面，有一个男孩正坚毅地伫立着，双腿分开，似乎要将他的去路牢牢挡住。

"噢，是你啊，小伙子！告诉你爸爸了吗？"

"走开。"乔厉声喝道，"走开！你要的狗并不在这儿。"

生平第一次，路德林公爵倒退了几步，万分惊讶地注视着眼前的男孩。

"噢，真讨厌，普莉希拉。"他低语道，"这个男孩受过刺激，他是——他一定受过什么刺激！"

"你要的狗并不在这里，快走吧。"乔坚决果断地说道，似乎使用最显著的方言才能表达出坚定不移的决心。

"他在说什么？"普莉希拉问道。

"他说我要的狗并不在这儿。哦，见鬼，你聋了，普莉希拉？我的听力就不是很好，但是这次他说的话我可都听清楚了。好了,小伙子,我的那只狗不在这里?"

如同平日里经常对村中其他人说话那样,公爵也同样用浓郁的约克郡方言问着男孩——而他的这种习惯,家里面很多人都强烈谴责。

"快点说啊,说啊,小伙子!大声地说,哪只狗不在这儿?"

他一边问,一边野蛮地挥舞着手杖,同时气势汹汹地向前逼近。乔·卡拉克拉夫向后退去,极力避开这个令人生畏的老人,但仍然牢牢地挡住去路。

"你的狗不在这儿。"他依旧坚定不屈地喊道。

然而老公爵并未停住前进的脚步,仍咄咄逼人地继续前进。绝望无助的感觉瞬间将乔团团包围,他感到大脑一片空白,语无伦次、杂乱无章的话语从口中奔涌而出。

"我们连她的踪影都没看到。她不在这里,也不可能会在这里。没有哪只狗能做到那一点,没有狗能够跋涉千山万水,它可不是莱西——它是——它只是别的狗,一只很像莱西的狗,它并不是莱西。"

"噢,我的天呀。"公爵惊愕地大呼一口气,"我的天呀,你的爸爸在哪里,小伙子?"

乔神情严肃地摇着头。可随后,身后的屋门打开了,妈妈说话的声音响了起来。

"如果你要和山姆·卡拉克拉夫见面的话,那就太不凑巧了——他出门了,去工棚那里了,而且下午的一半时光都在那儿度过。"

"这个小伙子说了什么——我在这儿有一只狗?"

"不是,你搞错了。"妈妈斩钉截铁地说道。

"我搞错了?"公爵大声吼道。

"是的。他并没有提到过你的一只狗在这里,他只是说你的狗并不在这儿。"

"噢,真讨厌。"公爵恼羞成怒地叫嚷着,"别和我绕来绕去的,专抠字眼儿。"

他的双眼眯成一条缝,向前迈出一步。

"那么,假如他说我的其中一只狗不在这里,或许你能如实告诉我,我的哪只狗不在这里,说吧。"他神气十足地说道,话语间尽显得意,"快说啊,说啊!回答我!"

乔万分焦虑地看向妈妈,咽了咽口水,又四下望一望,似乎在寻求帮助。然而妈妈只是紧闭着双唇,缄默不语。公爵怒眉高挑,盛气凌人地站在那里,凝视着母子二人,等待答复。最终,卡拉克拉夫夫人知道躲避不过,便深吸一口气,准备"迎战"。

然而,不论她的回答是真话还是谎言,都永远无从知晓。因为就在她即将开口的那一刻,门上传来一连串短促而尖锐的铁链声,紧接着,山姆·卡拉克拉夫清晰响亮地开口说道:

"先生,我有话要说,我们这里只有这一只狗。所以请告诉我,她像您养的任意一只狗吗?"

乔惊讶地张大了嘴,想即刻驳回爸爸的话,然而当他的目光落到爸爸身旁的那条狗身上时,瞬间收回了所有想要反驳的言语。

他万分惊讶地注视着那只狗,瞠目结舌。

映入眼帘的,是他的爸爸,山姆·卡拉克拉夫,柯利牧羊犬的饲养行家,紧贴着他站着一只几乎没有人曾经见过、也不愿看见的狗。那只狗,如同任何训练有方的狗那样,安静沉稳地坐在爸爸左侧的脚踝旁——就像曾经的莱西一样。然而,眼前的这只狗——看见她的同时居然能够联想到莱西,这种意念简直荒谬至极。

莱西的头部修长且充满高贵的气息，可是这只狗的头颈毛发拙劣而粗糙。莱西的耳朵向上竖起，略微卷曲，双耳匀称、尽显优雅；然而这只狗的一只耳朵仿若螺旋一般，扭成一卷卷的形状，另外一只耳朵却直直立着，好像阿尔萨斯狗（Alsatian）① 那样，如此丑陋的外表不禁令每一个养狗员感到不寒而栗。

而令人不忍直视的方面尚不止这些。莱西的毛发是由黑色渐变至淡淡的黄棕色，可是这只奇特怪异的狗并无明显的颜色特征，只是浑身上下布满丑陋不堪的黑色污点；莱西的颈部之下是一片宽阔的、犹如波浪般的白色毛发，可这只狗的颈下溅满了肮脏的泥点，毛色暗淡，灰蓝相间；莱西拥有四只雪白的手爪，而这只狗有一只手爪是白色，两只呈土黄色，另外一只却几乎呈黑色；莱西身后的尾巴是优雅飘扬的姿态，与全身完美的线条融为一体，可这只狗身后的那只尾巴仿佛是某种后添上的东西，令人十分难以忍受。

事实上，尽管爸爸身旁的狗狼狈不堪，可乔·卡拉克拉夫还是看出了端倪。他懂得，一个专业的养狗人士，倘若可以运用巧妙的方法将狗的缺点遮掩住，使之转变成优点，那么他同样能够颠倒程序，将所有的优势转变为缺陷——尤其对于他的爸爸，约克郡的西部区域内远近闻名的养狗能手而言，这些只不过算是雕虫小技而已。

直到这一刻，乔才恍然领悟爸爸言语间的含义。因为买卖狗就如同买卖马匹一样，说出的话就是一份具有约束力的契约，一旦脱口，任何一名真正意义上的养狗人士都不会企

---

① 阿尔萨斯狗：德国牧羊犬。——译者注

图出尔反尔、言而无信。

而这就是他的爸爸为何如此耐心、声音缓和、面露尊荣、不畏恐惧的原因。他并没有说谎,也没有否定任何事,只是单纯地提出一个问题:"请您告诉我,这只狗与您的哪只狗很相像吗?"

此时,只要公爵这样说:"哎,她可不是我的狗。"那么从今往后,这只狗便不再归他所有了。

因此乔、妈妈和爸爸都屏息凝神、沉稳冷静地注视着公爵,等待他的回答。然而公爵只是聚精会神地凝视着眼前这只狗,没有做出任何回应。

路德林公爵对狗的了解可不是门外汉,他深谙此行心照不宣的规矩。没有立即回答,他只是倚着手杖,缓缓向前走去,长长的手杖敲击着地面,发出清脆的声响。他的双眼时刻盯着这只狗,然后仿佛处在梦中一般,缓缓屈膝跪下,轻微动了动手,拿起狗的一只前爪,轻柔地翻过去。公爵就这样,静静地跪在柯利牧羊犬的身边,像约克郡内任何一名专业的养狗人士那样,认真端详着狗的手爪。他的目光从未留意过她卷曲的双耳、肮脏的斑点或者头上杂乱的毛发,而是目不转睛地注视着手爪的下面,发现五个黑色的衬垫之上,杂乱无章地分布着荆棘与石头刻下的伤痕,伤口处还没有彻底愈合。

随后,公爵抬起了头,但仍旧跪在地上,像一尊雕像一般,久久凝视着天空,不说一句,乔一家人在一旁焦急万分地等待着。最终,他站起身,开口说话了,这一次他不再使用浓厚的约克郡乡音,而是以绅士之间交谈的语气说道:

"山姆·卡拉克拉夫,这只狗并不是我的,我用我的灵魂与名誉担保,她从未属于过我。没有!一刻也未曾属于我!"

话音刚落,他便转身顺着小路向外面走去,手杖用力地敲击着地面,喃喃自语道:"我的天啊!简直令人难以相信!我的天啊!足足400英里!真的很让人无法相信。"

当他走到大门时,身旁的小孙女拉了一下他的衣袖。

"您是来做什么的。"她低语道,"还记不记得了?"

公爵仿佛从恍惚的梦境之中惊醒过来,猛然间恢复了以往的姿态。

"别小声嘀咕!怎么了?噢,对,当然了。你不必告诉我——我还没忘呢!"

他转过身去,声音再次变得尖锐严苛起来。

"卡拉克拉夫!卡拉克拉夫!真见鬼,你跑哪儿去了?躲起来干什么?"

"我始终都在这儿,先生。"

"噢,是啊,是啊。当然了,你一直在那儿。现在你工作了吗?"

"呃,现在——工作。"乔的爸爸支支吾吾地说道。这已经是他尽其所能想到的最佳答复了。

"是的,工作——工作!一份职业!一份职业!你现在工作了吗?"公爵颇为恼怒地问道。

"现在,呃——情况是这样的……"卡拉克拉夫变得吞吞吐吐、含糊其辞起来。

正当他笨嘴笨舌地为自己费力辩解时,站在一旁的卡拉克拉夫夫人,像约克郡内——也像世界各处精明能干的主妇那样,前来施救了。

"确切来讲,我的丈夫山姆还没有开始工作,但他手里有三四份备选的职位,而他正在深思熟虑着该接受其中的哪一个,就像你们通常所说的,正在调查研究。然而——尚未考虑就接受哪份职位做出回应。"

"那他就应该直截了当地说'没工作',痛快利落点儿。"公爵厉声喝道,"我的那座养狗场尚需一些人手,而且我认为,卡拉克拉夫……"他的目光扫向那只纹丝不动地坐在主人身边的狗。"……我认为你一定懂得——很多——关于饲养狗方面的知识。就是这件事,一言为定。"

"不,请等一下。"卡拉克拉夫果断地拒绝,"你是知道的,我并不喜欢给别人制造无端的麻烦,把他人的工作横夺过来。你看,海恩斯先生就不得不……"

"海恩斯!"公爵满是轻蔑地哼出一口气,"海恩斯?他完全就是一个大笨蛋,这样的人我留他何用。他都无法将狗和卷尾小雌马区分开来。我早就应该明白,伦敦人绝对不会依照我们约克郡人高尚的品位饲养狗的。现在,我希望由你来承担这份工作。"

"不,还有事情需要说清楚。"卡拉克拉夫夫人表示抗议。

"是什么事?"

"是这样的,做这份工作的收入是多少?"

公爵鼓起嘴唇。

"你想得到多少,卡拉克拉夫?"

"每周7英镑,这价钱谁也不亏。"还没等丈夫喘一口气准备回答,卡拉克拉夫夫人就迅速抢先一步说道。

然而老公爵同样身为约克郡人,这也就意味着他绝对不会错失任何一次可以讨价还价、谋取实惠的机遇,倘若任其溜走,他就会陷入深深的自责中,约克郡人的想法就是这样,尤其是关系到钱财的时候。

"5英镑。"公爵吼叫着,"一个子儿也不能多了。"

"6英镑10便士。"卡拉克拉夫夫人讨价还价道。

"6英镑整。"公爵同样机敏地让出了一点儿价位。

"成交!"卡拉克拉夫夫人斩钉截铁地同意道,如同老鹰俯冲掠食般反应迅捷。

两人面露喜色,均为自己精明的决策暗暗满意。卡拉克拉夫夫人最初认为每星期3英镑已经可以了——至于公爵,则认为自己的养狗场从此多了一个养狗能手,这份收获是无法用金钱来衡量的。

"那么,一言为定。"公爵说道。

"好的,几乎就这样吧。"卡拉克拉夫夫人说道,"我猜,当然……"她喜欢用一些自认为比较婉转的词语,因此重述一句,"……我猜这也就意味着我们可以搬到庄园里的那间小屋去住了。"

"夫人,你可真会提条件啊。"公爵紧蹙眉头,沉下脸来,"但是我有一个前提条件。"他提高音量怒吼着,"就是,只要你们一直住在我的地盘里,就绝对不要让我见到这只呆若木鸡、双耳卷曲、尾巴高扬,还美其名曰柯利牧羊犬的臭狗,我看见她丑陋的模样就心烦。好了,你们还有什么要说的吗?"

说完,他又低声抱怨着什么,然后自顾自地、愉快地轻声笑起来,等待着一头雾水的卡拉克拉夫的回答。然而这一次,是小男孩欢天喜地地做出了回应:"噢,先生,不会的。她在一天的大部分时间里都在校门口等着我,并且,无论如何,我们会对她精心打扮一番,用不了几天,她就会出落成亭亭玉立的'美人',您是绝对不会认出来的。"

"对于这一点我表示毫不怀疑。"公爵喘着粗气,迈着笨重的步伐向汽车走去。"你们的确会做到,我一点也不怀疑。哼……我可绝对不会……"

祖孙两人坐进了汽车里,女孩向身旁的爷爷慢慢靠近。

"好啦,别在我身边像虫子一样扭动。"公爵抗议着,"我可忍受不了任何人扭来扭去。"

"爷爷。"女孩说道,"你真是个心地善良的好人——我的意思是对他们的狗太善良了。"

老公爵咳了一声,清一下喉咙。

"胡说。"他咆哮道,"胡说。等你长大以后,就会知道我的为人了,我就是通常人们所说的,约克郡内冷酷无情的实在论者。五年的时光过去了,我一直在惦念那只狗,发誓非得到她不可。而现在,我终于如愿以偿了。"

但他随后却慢慢摇着头。

"可是为了得到她,我也必须连同她的主人一并买来。哎,好吧。或许这不算是此笔交易中最不利的因素。"

第二十二章 重回美好时光

年幼的乔·卡拉克拉夫曾经说过,几天以后,你便不会认出他的爱犬了,此话的对与错,根据你认为莱西应是什么样子的而决定。当然,倘若你见到过曾经乔的爸爸为了将爱犬留在儿子身边,与此同时又不违背恪守在心中的诚信原则,而简单地运用虫篆之技,将狗打扮得一无是处的可怜模样:卷耳、翘尾、令人恐惧,那么,你就理所当然无法将其辨认出来。然而,假如你见到的,是那只自信高傲、神态优雅、头颈修长、人尽皆知的山姆·卡拉克拉夫家的莱西,那么你就会很容易认出这只狗。

在卡拉克拉夫一家人长达数周的悉心喂养与适当治疗之下,莱西的确慢慢恢复到了曾经英姿飒爽的姿态,回到了从前的那个她。多年以来,主人对她全心全意的照料所铸造的强壮体魄,如今发挥了作用:干瘪瘦削的身材消失得了无踪影,取而代之的,是一只体态丰腴、毛发丰盈的狗,黑、白、金，三色相间的皮毛犹如汹涌的波涛，起伏波动，令人赏心悦目。然而事情并非十全十美，对于莱西而言，唯一的缺憾便是她轻微的跛行。飞驰的子弹对她的体侧造成了极其严重的创伤，受损的肌肉已变得些许僵硬。尽管山姆·卡拉克拉夫殚精竭虑，搬出所有看家本领，可仍然无力回天，莱西受伤的肌肉始终无法恢复如初。

虽然情况不容乐观，但他坚持不懈的努力还是对莱西的康复起到了推动作用。每一天，他都全力以赴地按摩擦拭她腿部的受伤部分，使得此处肌肉越发柔软、灵活。莱西在路上行走时，几乎看不出跛行的迹象，除非专业的养狗人士认真观察，才会发现那微乎其微的瑕疵。除却那些万分挑剔的养狗人士，对于其他所有人来说，莱西仍旧是最漂亮的犬科动物——一只完美无瑕的柯利牧羊犬。

在平日里的每一天，距离四点还有几分钟之时，格里诺尔村沿街的商铺老板向外看去，便总会望见那只尊贵高傲的柯利牧羊犬，顺着街道径直走来。这时，他们就会说道："你完全可以根据她的出现来判断现在是几点。"几分钟之后，乔·卡拉克拉夫就会走出校门，热烈迎接他的爱犬，随后一起兴高采烈地走回家中。

然而，乔曾经对公爵保证过，一天中的大部分时间，莱西都会到校门口去迎接他，这句话他并没完全说对。因为有一段时日，校门口丝毫不见莱西的踪影。可令人奇怪的是，乔看上去似乎一点也不在乎，与之相反，他还十分高兴。当他只身一人向家走时，脸上洋溢的，是源自内心无法抑制的愉悦之情。

有一天，正当他打着口哨、顺着公爵住所的碎石小路走回家时，再次遇见那个女孩。

莫名其妙地,乔为那个女孩感到一丝难过。她看上去并不像村中其他的小女孩那般气色健康、身材丰满、骨骼强壮。

"你好。"乔上前招呼道。

"你好。"女孩回道。

似乎接下来陷入了无话可说的尴尬境地,然而乔还是站在那里。

"我一直都在远方上学。"女孩开口说道。

"是吗?"

"是,但是现在那所学校放假了。"

乔面色严肃地思考着。"可我们还有一周才会放假啊。"他疑惑不解地说道。

随后两人再次陷入短暂的沉默,片刻后,女孩问道:"莱西怎么样了?"

乔的脸上立刻绽出温暖的笑容。他环顾一下四周,好像在确认有没有人听见他们之间的谈话。

"你可以过来看一看。"他说道,仿若赐予某种恩惠一般。

他带路走在前面,顺着小路向自己那间小屋走去。屋外白色的墙边,生长着高大粗壮、颜色艳丽的蜀葵。他将门打开。

"妈妈。"他说道,"我带她看一看莱西。"

"噢,请进,小姐。"妈妈招呼着,慌乱地将系在身上的围布抚摸平整,又急忙擦拭一遍茶几上原本干净整洁的白桌布。

乔带着女孩,走进凉爽的厨具储藏室,一只又大又矮的盒子放置在阴暗处,莱西就卧在盒子里面,身旁是七只睡着了的圆滚滚、毛茸茸的小肉球。

"你知道吗。"乔颇为自豪地解释道,"我们将她安置在这个地方,是因为她在笼内会感到焦躁不安。她就是一只家养犬,莱西就是这样。"

女孩俯下身去,用食指轻轻触摸着其中一只小幼崽。这个小东西在混沌中发出打嗝似的叫声。

"他们是不是还睁不开眼睛?"女孩问道,随后,两人一起笑了起来。

乔展开了详述。

"当然不是啊。这些小狗在出生的第十天就能睁开眼睛了。如今他们已经有三周大了,都可以奔跑了——但是在我看来,他们只是喜欢利用大多数时间来睡觉。"

此时,莱西抬起了头,乔微笑着,用手轻拍着她的头部。

"你知道很多关于狗的知识,是吗?"女孩谦逊地问道。

"呃,因为她之前曾经生过一窝幼犬。"乔谦虚地否认着,"从那时候起,我就开始对狗有一些了解。而这一次就像上一次那样——对吗,莱西?"

乔蹲伏在盒子一边,凝视着心爱的莱西,就像以前的时光。近些时日来,他总会产生这样的感觉。

当女孩要离开时,乔礼貌地和她告别,并邀请她随时可以前来看望这群毛茸茸的小肉球。女孩离开良久,他仍在思考着这种恍惚的感觉。似乎即将感悟出一些人生的大道理,这是他这个小男孩之前从未感受到的。

如今,一切又好像回到了从前的时光。当然,虽然他们住在另一间房屋里,但是生活与一年以前毫无两样——在许多方面也是如此。

例如,在吃早餐的时候,如果他在燕麦粥里多加一大勺糖,妈妈再也不会厉声斥责道:

"用点儿心,小伙子!买糖也需要钱!"

又或者,当乔从阴冷的约克郡寒风中冲进家门,发出饥饿难耐的呐喊时,妈妈的面部表情不再变得惊慌失措、难以名状了,反之,她会发出愉悦欢喜爽朗的笑声,惊讶地问道:

"我的天啊,真不晓得怎么做才能让你完全吃饱!你都把食物吃到哪里去了?"

妈妈总会这样说,语气中充满骄傲与自豪,她对儿子有一个很棒的胃口感到十分欣慰,这种欣慰感和从前是完全一样的。

在之前的那一段灰暗的时光,每当乔破门而入时,父母交谈的声音都会瞬间停止,而在他上床睡觉之后,那种时高时低、起伏不定又令人厌烦的争执声仍在继续。然而现在,情况截然不同了,爸爸每天回到家后,不再疲惫不已、郁郁寡欢、默不作声地坐在炉火旁,目不转睛地凝视火焰陷入沉思。

如今,一旦碎石小径上传来爸爸走路的声音,妈妈便会猛然跃起,奔波忙碌起来,并急切地喊道:"快听!是你爸爸,他回来了!大家景仰的——备受欢迎的人回来了!"

随后,她便繁忙地往返于炉台与餐桌之间,迅速将炉上锅中的盖汤盘取出,放于餐桌之上。仿佛世界上至关重要的事情,就是在丈夫回家的脚步声响起的一瞬间,一直到他推门而入的那一刻为止,将所有的一切都准备就绪。

随后,她便站在那里,两手叉腰,说道:

"快点去洗手,山姆!今天的晚餐是羊头与水果布丁——动作慢了就没你的份了!"

日复一日,每一天都如此——与从前一样。而他的爸爸,也会坐在桌旁,低头看了看餐桌上的菜肴,然后抬起了头,问道:

"那么,我们家的乔今天过得怎么样?在学校里面认真听讲了吗?"

曾经一切都是这样。然后在某一段时光里,这种美好戛然而至。然而现在,一切又恢复了从前的样子。其中的原因究竟是什么呢?

那天晚饭期间,乔始终都在沉思冥想。晚饭过后,莱西昂首挺胸地走进屋中,乔紧挨着她坐在毛毯上,轻柔地爱抚着她。猛然间,他得到了答案。

是莱西!当然——原因找到了!当很久以前,莱西还在家时,一切都很美好。后来,当她被卖掉又离家远去时,所有的美好都被打碎,不复存在。如今,莱西归来了,一切又恢复了以往的美好温馨,所有人都无比快乐。

"她回到家里,带给了我们好运。"乔认为,"就是她,她回来了,把好运带给了我们。"

他轻轻低吟着,脸颊紧贴在莱西的颈部,莱西倍感满意,轻轻舒了口气。

此时,妈妈开口说道:"听好了,乔,不要带着狗在我的毛毯上面来回翻滚,弄得哪里都是毛。今天晚上你怎么这么安静,什么也不说?"

乔暗暗笑着,仍然与莱西窃窃私语着。

"你是一只恋家的狗,是不是,莱西?"他低吟着,"对,你是,而且你把好运都带给了我们。一切都是因为你这只恋家的狗。你是我的恋家好狗,莱西。以后这就是你的名字了!恋家好狗,莱西!"

然而此时,妈妈发起火来。

"你没听见我说什么吗,乔·卡拉克拉夫?你这么做会令她感到心烦——尤其是现在,她刚刚生过幼犬,还需要照料他们。这一点你早就应该明白!"

乔从炉火旁向外挪动一点距离,继续爱抚着颇感满意的莱西。忽然,他神情严肃地向上望去。

"嘿,爸爸。"他说道,"我能感觉到她的肋骨。"

爸爸将椅子转向地毯,完全放松地将腿伸出,点燃了烟斗,面露微笑。

"难道您没感觉她有一点瘦弱吗,爸爸?"乔焦急地说道,"我认为应该多喂她一点牛肉,少喝一点牛奶!"

"噢,你是这么想吗,是吗?"妈妈一边收拾饭后将洗的餐盘,一边滔滔不绝,"真的是这样吗?你认为应该多给她吃一些牛肉。是啊,倘若你对最基本的养狗知识都一窍不通的话,那你根本不是卡拉克拉夫家的人——也根本不是土生土长的约克郡人!"

"是啊——有些时候,在我看来,村中有些家伙对狗比对待自己血浓于水的亲人还要上心。狗,狗,还是狗——等这一窝幼崽长大后,随便他们去哪儿、送给谁,将来家里一只狗也不能有……"

这时,乔抬起了头,目光投向爸爸,而爸爸也正在用余光看着自己,举起了手放在鼻子一旁,摆出了滑稽可笑的手势。

这个饱含秘密的手势有一种意义,即:

"不必太在意女人的话语,乔。她们的日子并不好过,需要待在家里一整天,还要洗洗刷刷、烹饪佳肴。因此,她们才会不停地责备,以宣泄心中不满的情绪。而我们都明白,她们的话语并无其他含义,仅仅是情绪的发泄。我们这些男人都懂得——我们可是男人!"

爸爸在微笑,乔也咧着嘴笑了起来,一切都如此有趣,这种男人之间新形成的默契,让女人唠叨不停的默契令人忍俊不禁,乔不由自主地大笑出来。声音越来越大,这时妈妈转过身来。

"嘿,你在笑话我,是不是!好啊,我得给你一点教训了!让我打你一下!"

说着,她熟练地举起擦碟的干布,轻轻向乔挥去,而乔灵巧地躲闪开了。

"我并没笑话您,妈妈!"

"那你在笑什么呢?"

"我在笑爸爸——他在扮鬼脸!"

卡拉克拉夫夫人转向丈夫。

"那就是你在从中作梗了,对吗?好啊,我也要打你一下!"

然而,当她走上前时,乔看见他的爸爸伸出两只强壮的手掌,一只紧紧握住妈妈戴有发光手镯的腕部,另一只则环住她粗壮的腰部,而卡拉克拉夫夫人也迅速抱住丈夫。随后,爸爸看向乔,微笑着问道:"看你的妈妈,乔。谁是整座村里最美丽的女人啊?"

"当然是我的妈妈了。"乔发自肺腑地、坚定不移地说道。

卡拉克拉夫夫人的脸上泛起灿烂的微笑。

"你们两个人。"她说,"你们两个同流合污、沆瀣一气,就会说奉承的话语哄骗我。"

"不是的,孩子回答的就是发自内心的实话。还有一点——你不但美丽——还很丰满!"

"噢,那你的意思是我很胖了。好啊,快放开我,山姆·卡拉克拉夫。我要去把碗碟都擦干净!"

然而爸爸并未放手,妈妈轻击着他的耳朵,爸爸也只是低下头坐在那里,以免妈妈将他的烟斗碰掉。全家人幸福地大笑起来。

一切正如从前一样,很久以前那样——爸爸和妈妈都十分开心。

乔低下头去,看着莱西,忘掉了身边的一切。

"你是我的恋家好狗,莱西!"他低声诉说着。